두 근 두 근
오 프 라 인

두근두근
오프라인

글 에이미 노엘 파크스

옮김 전미나

초록개구리

일러두기

• 모든 각주는 독자의 이해를 돕기 위해 옮긴이가 단 것입니다.

STEM(과학, 기술, 공학, 수학)에 관심 있는
세상 모든 여학생을 위하여

1장

델리아 언니는 자기가 웃긴 줄 안다. 오늘은 텅 빈 시리얼 상자에 감상적인 문구가 적힌 초콜릿 은박 포장지를 접착테이프로 붙여 놓았다. 문구의 내용은 이랬다. "뜻밖의 사건을 받아들여라."

픽, 코웃음이 나왔다. 언니가 나 먹으라고 시리얼을 남겨 놨다면 그거야말로 뜻밖의 사건이겠지.

코웃음을 치긴 했지만, 통밀토스트를 먹고 이를 닦은 뒤 나는 그 은박 쪼가리를 가지러 주방으로 되돌아왔다. 공책에 붙여 놓기 위해서였다. 나는 어떤 과제를 가지고 스스로 계획을 세워서 풀어내는 프로젝트를 즐겨 했고, 뜻밖의 사건을 추적하는 건 좋은 프로젝트감이 될 것 같았다.

첫 번째 뜻밖의 사건은 아주 사소했다. 내 빨간 리본이 없어졌다. 잃어버리기 대장은 내가 아니라 델리아 언니다. 그러니 이상하달 수밖에. 나는 주로 잃어버린 물건을 찾아 주는 쪽이다.

엄마가 큰 소리로 나를 불렀다.

"서둘러, 애버릴. 지각하겠다."

하나로 모은 머리를 초록색 리본으로 묶었다. 현관문 앞에서 엄마가 챙겨 준 가방을 받아 들고 엄마 뺨에 입을 맞추며 인사를 건넸다.

"다녀오겠습니다."

"점심시간에 문자 메시지 보내 줘."

내가 문 밖으로 한 걸음 내디디며 답했다.

"네네."

"집에 올 땐 후드 티 챙겨 입고. 아직 여름 아니야."

내가 계단을 뛰어 내려가며 말했다.

"걱정 마세요."

집 앞 골목 끝에서 두 번째 뜻밖의 사건이 일어났다. 프리야가 있어야 할 자리에 프리야가 없었다. 나는 천천히 주위를 둘러보았다. 프리야네 집은 길 바로 아래쪽에 있다. 이리로 오는 중이라면 내 눈에 보일 터였다.

우리는 매일 같은 길을 걸어서 학교에 간다. 둘 중 한 명이 아프거나 비라도 오면, 엄마들끼리 알아서 한바탕 문자 메시지를 주고받기 때문에 혼자서 덩그러니 서 있을 일은 없다.

그런데 난 지금 여기에 서 있다.

혼자서 덩그러니.

혼자라서 쓸쓸하지는 않았다. 대신 자율적인 느낌이 들었다. 지난주 기술 수업 시간에 자율 프로그램은 스스로 실행해 해결책을 찾는다고 배웠다. 문득 궁금해졌다. 자율적인 여자아이라면 어떻게 하려나.

프리야에게 문자 메시지를 보내 무슨 일인지 간단히 알아볼 수 있겠지만, 그러면 엄마도 그 문자 메시지를 보게 된다. 그럼 보나 마나 당장 집으로 돌아오라고 하겠지. 나는 학교까지 혼자 걸어가면 안 된다. 열두 살인데, 어이없는 일이긴 하다. 그래 봤자 소나무 숲을 통과하는 짧은 자갈길에서 생기면 무슨 일이 생긴다고. 음, 숲이라기보다는 나무가 많이 있는 곳이라는 표현이 더 적당하겠지만 난 숲이라고 생각하고 싶다. 게다가 그 길을 지나 인도로 나오면 우리가 사는 작은 마을의 학교까지 정확히 똑같은 경로로 등교하는 수십 명의 아이들을 만나게 된다.

그런데 '다행히' 지금 엄마는 나를 볼 수 없고, 그러니 내가 혼자라는 걸 알 턱이 없다. '루비 구두' 앱에서 나를 나타내는 작은 점이 학교로 가는 길을 따라 움직이는 한, 엄마는 내가 평소처럼 프리야를 만났을 거라고 여길 것이다.

잘하면 나만의 비밀 공간에 들렀다 갈 짬이 날지도 모른다. 몇 달 전 우연히 소나무들 너머에서 수풀에 동그랗게 에워싸인 곳을 발견했다. 내가 수풀을 헤치고 들어가자, 은밀한 초록빛 공간이 나타났다. 그 한가운데에는 쓰러진 나무 몸통이 있었다. 폭이 꽤 넓은 데다 살짝 휘어진 모양새가 마치 다리 같았다. 의자 삼아 앉거나 그림을 그리거나 생각을 하기에 더할 나위 없이 완벽한 곳이었다. 나는 이곳에 대해 아무에게도 알리지 않았다. 심지어 프리야한테도 비밀로 했다.

자갈길 한쪽에 조심조심 휴대폰을 내려놓았다. 내가 길에서 벗어나 숲으로 움직이는 걸 보면 엄마는 당황해서 당장 문자 메시지를 보내겠지만 나를 나타내는 점이 길을 벗어나지만 않으면, 1~2분 같은 자리에서 움직이지 않는다고 해도 곧바로 눈치채지는 못할 터였다.

수풀을 헤치고 들어가며 마지막으로 혼자였던 때를 떠올려 보았다.

진짜로 나 혼자였던 시간.

엄마는 주방에, 아빠는 재택근무 중인 사무실에, 언니는 복도 건너 언니 방에 있고, 나는 내 방에 있는 그런 때 말고, 진정, 오롯이 나 혼자였던 시간. 생각나지 않았다.

삑! 삑! 삑!

헉.

빠르게 되돌아 나가려는데 갈수록 경보음이 커졌다. 얼굴이 나뭇가지에 긁혔지만 멈추지 않고 달렸다. 역시 엄마가 내 휴대폰이 같은 자리에서 움직이지 않는다는 걸 눈치챈 거였다. 빨리 답을 하지 않으면 경찰서에 신고 전화를 할지도 모른다.

곧장 숲에서 빠져나와 휴대폰을 집어 들었다. 화면 전체가 빨간색으로 바뀌었고, 경보음이 너무 커서 생각이란 걸 할 수가 없었다. 그런데 난 경보음을 끌 수 없다. 오로지 엄마만 루비 구두를 제어할 수 있다.

응답 버튼을 누르자마자 엄마가 기겁한 목소리로 나를 불렀다.

"애버릴?"

"나 괜찮아요, 괜찮다고, 괜찮아. 빨리 끄세요."

"뭐? 아! 천만다행이야."

곧이어 신기할 정도로 사방이 조용해졌다.

엄마가 물었다.

"무슨 일인데?"

"무슨 일은요. 잠깐 멈춘 건데……. 아니…… 신발 끈이 풀려서요."

"그러니까 엄마가 두 번씩 잘 묶으라고 했지."

정말? 엄마가 하고 싶었던 말이 고작 이거라고? 신발 끈 잘 묶으라고?

"비상 버튼은 왜 눌렀어요? 너무 요란하잖아요. 문자 메시지 보내도 되는데."

엄마가 비상 버튼을 누른 게 처음은 아니었지만, 한자리에 좀 오래 있는다 싶으면 보통은 문자 메시지를 보냈지 오늘처럼 경보음까지 울리지는 않았다.

"아다니 아줌마한테서 전화가 왔어. 아침에 프리야가 계단 내려오다 넘어져서 손목을 다쳤대. 그래서 학교 가기 전에 응급 치료 받으러 가는 중이라길래 엄마가 너를 확인해 봤는데……."

"내가 움직이지 않고 있었다."

한숨이 나왔다. 제발 지레짐작해서 최악만을 상상하지 말라고 엄마한테 아무리 얘기해 봤자 내 입만 아프다는 걸 잘 알기 때문이다. 물론 이해를 못 하는 건 아니다. 어쩌다 보면 안 좋은 일이 생길 수도 있고, 엄마는 늘 우리가 괜찮다는 걸 확인하고 싶어 한다는 것도 안다. 그래도…… 뭐랄까……. 난 우리가 무사하다는 걸 그렇게 많이 증명하지 않아도 되면 좋겠다.

엄마가 말했다.

"지금 차에 타는 중이야. 금방 데리러 갈게."

"안 오셔도 돼요."

아직 10분 정도는 나만의 시간으로 쓸 수 있을지도 모른다.

"걸어가면 지각이야."

시간을 확인했다. 엄마 말이 맞을 것도 같다.

자갈길이 시작되는 지점으로 돌아왔을 땐 엄마 차가 벌써 와서 기다리고 있었다. 차에 타 안전벨트를 매고 창밖을 내다보았다. 신경질을 부릴 생각은 없었지만, 그렇다고 엄마와 해맑은 얼굴로 마주할 기분도 아니었다.

엄마는 운전 내내 아무 말도 없더니 학교 앞에 차를 대면서 이렇게 나를 달랬다.

"엄마가 괜히 걱정하겠니. 널 사랑하니까 그러지."

나는 엄마에게 미소를 지어 보였다. 그거야 나도 아는 사실이다. 게다가 지금 풀고 가지 않으면 온종일 괴로울 것 같기도 하다.

"늘 조심하고 있어요."

"알지. 하지만 조심하는 것만으로 부족할 때도 있어."

매번 똑같은 결론이다. 엄마는 임신했을 때 만사를 철저히 조심했음에도 불구하고 언니와 나를 예정일보다 일찍 출산했다. 심각한 조산이었다. 언니는 두 달, 나는 거의 석 달 가까이 일찍 태어났다. 둘 다 오랫동안 병원 신세를 졌고, 죽을 뻔한 위기를 넘겼다.

하지만 지금은 언니도 나도 건강하고 그때 일을 기억하지 못한다. 하지만 엄마는 모두 기억한다. 엄마는 처음엔 실패했지만, 또다시 실패를 반복하지는 않겠노라고 단단히 결심한 사람 같았다. 그리고 그 결심을 실행하기 위해서는 우리를 자신의 시야에서 결코 벗어나지 못하도록 해야 한다고, 휴대폰으로라도 항상 지켜봐야 한다고 생각했다.

내가 옆으로 다가가 엄마 뺨에 입을 맞추고 말했다.

"태워다 주셔서 고마워요. 사랑해요."

"엄마도 사랑해."

나는 차에서 내렸다. 엄마가 차창을 내리고 큰 소리로 당부했다.

"휴대폰 놓고 다니면 안 돼."

"항상 갖고 다녀요."

2장

기술 수업 교실은 책상에 걸터앉아 고무공을 던지고 밸린 저 선생님을 향해 큰 소리를 내지르는 남학생들로 가득했다. 여느 날과 다름없는 광경이었다. 오늘 나는 프리야 없이 혼자라 조금 기가 죽어서 살그머니 교실 뒷자리로 가서 앉았다.

여학생이라곤 여섯 명이 전부였고, 딱히 정해진 자리는 없었다. 사전에 의논을 한 것도 아닌데, 우리 여학생들은 둘씩 짝을 지어 군데군데 흩어져 앉았다. 혼자 앉는 것도 좋을 건 없었지만, 여학생끼리 뭉쳐 앉는 것도 좋을 게 없기는 매한가지였다. 여자애들끼리 모여 있는 것만 봐도 선생님이 은근히 무시하고 눈치를 주었기 때문이다.

한번은 소피아가 물어볼 게 있다길래 프리야하고 같이 소피아 자리로 간 적이 있었다. 5분쯤 지났을까. 밸린저 선생님이 큰 소리로 이랬다.

"아가씨들아, 수다는 이제 그만."

남자애들은 틈만 나면 모여서 잘만 떠들던데.

컴퓨터에 시동이 걸리는 사이, 공책을 펼쳤다. 나는 종이에 연필로 코드를 적어 가며 코딩하는 걸 좋아한다. 그렇게 하면 프로그램을 망치지 않고 이런저런 가능성을 따져 보면서 계획을 세울 수 있기 때문이다.

일주일 전에 밸린저 선생님이 내준 코딩 문제가 하나 있었다. 체스판에 퀸 여덟 개를 놓되, 서로의 진행 방향을 막지 않게 배치하는 방법을 찾는 문제였다. 가장 무식한 방법은 체스판에 퀸 여덟 개를 놓을 수 있는 경우를 모조리 따져 보는 코드를 쓰는 것이다. 그건 어마어마한 작업이다. 80억 개가 넘는 가능성 중 92개만이 정답이다. 하지만 모래밭에서 바늘 찾기라도 모래알 하나하나를 볼 수 있는 기계만 있다면 바늘은 무조건 찾을 수 있다.

나는 이미 퀸의 위치를 찾을 수 있는 프로그램을 완성했지만, 아직 밸린저 선생님에게 확인받지는 않았다. 현재로선 불필요한 단계가 너무 많다. 나는 보다 단순하고 깔끔한 방법을 원한다. 내 만족을 위해서이기도 하지만 밸린저 선생님 입에서 내 코드의 완성도가 떨어진다는 말이 나올 여지를 주고 싶지 않아서이기도 하다.

간밤에 공책에다 체스판을 그리고 또 그리면서 생각을 짜낸 끝에, 컴퓨터로 하여금 각 행과 열에 퀸이 하나씩만 있는 배열만 확인시키면 된다는 사실을 깨달았다. 정답이 되려면 무조건 이 두 가지 공통분모가 필요했고, 따라서 컴퓨터로 이러한 가능성만 확인하면 프로그램을 훨씬 빠르게 실행시킬 수 있었다.

나는 어젯밤 공책에 정리해 둔 코드를 조심스럽게 입력했다. 그런데 막상 실행시켜 보니 프로그램이 끊겼다. 거의 다 왔다. 조금만 더. 다시 공책을 확인했다. 한 줄 한 줄. 실수를 발견하고 급하게 수정하느라 책상에서 연필을 떨어뜨렸다.

연필을 집기도 전에 내 앞에 다른 연필이 나타났다.

누구 손인지 확인하지도 않은 채 내민 손에서 연필을 받으며 어깨 너머로 "고마워." 하고 인사했다. 한눈팔 여유가 없었다. 자칫 잘못하면 생각이 끊기고 말 것이다.

공책에서 코드를 고친 뒤, 실수가 있나 한 번 더 확인했다. 그런데 수정한 부분을 막 입력하려던 순간, 교실 앞에서 함성이 터졌다.

타일러가 자기 자리에서 춤을 추고 있었다.

"성공. 성공."

남자애들이 타일러의 모니터를 보려고 우르르 달려갔지만, 밸린저 선생님은 앉으라는 말도 없었다. 오히려 선생님도 같이 옆으로 가더니 잠시 후 타일러의 어깨를 토닥이며 말했다.

"네가 제일 먼저 해낼 줄 알았다."

"뭘 이 정도 가지고 그러세요."

타일러는 대만족한 표정이었다. '이 몸이 코딩 전문가이시다.'라는 얼굴이랄까. 타일러는 맨날 팔에다 사인펜으로 프로그래밍 언어를 적은 채로 다녔다. 옷도 늘 파란색 무지 티셔츠만 입었다. 옷을 고르는 데 두뇌 세포를 낭비하고 싶지 않기 때문이라나. 밸린저 선생님은 그런 타일러를 멋있다고 여겼지만, 나는 코딩도 잘하고 옷도 매일매일 골라 입을 줄 아는 사람이 되고 싶다. 생각해 보면 불가능한 목표는 아닐 듯싶다.

밸린저 선생님이 타일러를 교실 앞으로 부른 뒤 타일러가 작성한 해답을 화면에 띄웠다. 나는 그걸 보고 고개를 내저었다. 정답을 찾는 데 문제는 없을지 몰라도 어설프기 그지없는 코드였다.

밸린저 선생님은 타일러가 쓴 불필요한 단계 따윈 개의치 않는 눈치였다. 선생님이 타일러에게 상으로 초코바 하나를 휙 던져 주었다.

"잘했다, 천재 소년."

그리고 남은 사람들은 며칠 더 고민하며 답을 찾아보라고 했다. 이제는 타일러의 '아름다운 코드'가 하나의 견본이 된 셈이었다. 나는 눈을 치뜨고 싶은 걸 간신히 참았다.

선생님이 통로를 천천히 걸어 내려오며 말했다.

"1등으로 풀어내지 못했다고 낙담할 건 없다. 기술 개발 기업들은 뛰어난 인재를 발굴하기 위해 이러한 문제를 잘 이용하긴 한다만, 회사엔 일벌도 많이 필요한 법이니까. 기본 기술만 꾸준히 익히도록 해."

선생님이 나를 보고 한 눈을 찡긋했고 나는 미소로 답했다. 아니, 이 상황에서 내가 달리 무슨 반응을 보인단 말인가? 이미 겪어 봐서 안다. 내 해답을 보여 줘도 선생님은 잘했다고 크게 칭찬해 주지 않을 거란 걸. 기껏해야 좀 놀라고 말겠지. 지난번에 내가 1등으로 문제를 풀었을 때에도 그랬다. 내 해법이 '귀엽다'나.

게다가 나는 선생님한테 쓰다듬음이나 받겠다고 코딩을 하는 게 아니다. 코딩이 좋은 점 중 하나는 프로그램의 작동 여부를 다른 사람한테 확인받을 필요가 없다는 사실이다.

사람들과 달리, 코드는 절대 거짓말을 하지 않는다.

3장

프리야가 문자 메시지를 보내왔다. 손목을 삐어서 엄마하고 같이 점심을 먹는 중인데, 오후 수업은 들으러 오겠다는 내용이었다. 그 말인즉슨 학교 수업이 모두 끝날 때까지 프리야를 보지 못한다는 소리다. 프리야와 같이 듣는 수업은 전부 오전 수업이니까.

프리야에게 슬픈 얼굴과 하트 이모티콘을 보내고 나서 우리 단골 자리인 식당 뒤쪽 긴 탁자로 향했다. 나는 탁자 맨 끝자리를 택했다. 같이 점심을 먹는 다른 여자애들도 나쁘진 않지만 프리야가 없으니 나만의 자리에서 공책을 가지고 혼자만의 시간을 보내고 싶었다. 내 휴대폰은 나와 세상 모든 곳을 이어 주는 도구이므로 나의 안전을 위해 휴대폰을 감시하는 건 엄마로서 어쩔 수 없는 선택이라고 엄마는 틈만 나면 말했다. 하지만 다행스럽게도 일기장이자 스케치북인 공책은 오롯이 나만의 것이다.

도시락 가방을 열어 치즈 조각 하나를 꺼내 입에 쏙 넣고, 초콜릿 은박 포장지를 붙여 둔 쪽을 찾아 공책을 펼쳤다. 포장지 바로 밑에 뜻밖의 사건 목록을 새롭게 추가한 뒤, 문제

해결의 돌파구가 된 코드 두 줄을 적어 넣고 작은 별과 폭죽 모양을 그려 장식도 했다.

딩동!

아이고. 이번엔 경보음이 아니라 그나마 다행이다.

엄마가 싸 준 도시락통에서 급하게 당근 조각 절반과 치즈 조각 두어 개를 꺼내 이미 먹은 것처럼 해 놓고, 찰칵 사진을 찍었다.

맛있는 점심 감사합니다!

딩동!

사과도 다 먹고!

다시 답문을 보냈다.

그럴게요!

"너 먹는 것까지 간섭하시나 보네, 맞지?"

"맞아. 언니가 작년에 스무디 다이어트를 했는데⋯⋯."

내 앞자리에 앉으려고 하는 사람이 눈에 들어온 순간, 나는 하던 말을 뚝 그쳤다.

맥스 맥클래런.

이 애가 내게 말을 걸다니, 뜻밖의 사건 목록에 무조건 올려야 할 일이다. 맥스는 지금까지 한 번도 나에게 말을 건 적이 없다. 사립 학교에 다니다 올해 초 전학 왔지만, 맥스를 모르는 사람은 아무도 없다. 왜냐하면 맥스의 할아버지가 포장용 골판지 제조업으로 큰돈을 벌었고, 맥스의 아빠는 그 어마어마한 재산을 물려받은 상속자이기 때문이다.

맥스는 매일같이 색이 바랜 티셔츠와 청바지를 입고 다닌다. 운동화는 너무 해져서 엄지발가락 위가 살짝 터져 있다. 창백한 피부와 극명한 대조를 이루는 검은 머리는 부스스한 게 볼 때마다 파란 눈을 덮기 일쑤다. 또 콘택트렌즈 대신 뿔테 안경을 쓰고 다닌다. 하지만 단지 맥스 맥클래런이 그런다는 이유로, 지금 많은 남학생들이 맥스의 차림새를 따라 하고 있다.

맥스가 쟁반에서 햄버거를 집어 들더니 탁자 위에 올려 둔자기 휴대폰 쪽을 손짓하며 말했다.

"우리 부모님은 먹는 건 상관 안 해. 근데 위치 추적이 심해. 지난주에 내가 루비 구두 안심 구역을 벗어났거든. 진짜 3분만 더 지났으면 헬리콥터를 띄웠을걸."

나는 깔깔 웃으면서도 맥스의 말이 백 퍼센트 농담 같지는 않았다. 듣기론 집에 착륙장이 있다던데, 활주로도 있을지 알게 뭐람.

내가 맥스에게 말했다.

"지난주에 우리 엄마는 내가 도서관에서 같은 자리에 너무 오래 머문다고 전화했어. 내가 휴대폰을 놔둔 채 납치당한 줄 알았대."

"납치당했던 거야?"

나는 고개를 흔들었다.

"책 읽고 있었지."

맥스가 빙긋 웃으며 말했다.

"도서관에서? 수상한데."

"정말이야."

"어쩐지 기술 수업 시간에 엄청 집중하더라."

"어?"

나는 자세를 고쳐 앉으며 휘둥그레진 눈으로 맥스를 쳐다보았다.

"내가…… 어…… 뭐라고?"

"나 네 뒷자리잖아. 그런데 넌 아는 체도 안 하더라. '연필 고마워, 맥스.'라는 인사조차 없던데."

맥스는 짓궂게 웃었지만 약간 수줍은 기색도 느껴졌다.

"고맙다고는 했어. 근데 연필 준 사람이 너인 줄 몰랐어."

맥스가 더욱 환하게 웃었다.

"그러니까. 내가 하려는 말이 바로 그거야."

"난 집중하려면 모든 소음을 차단해야 해서. 미안."

"괜찮아. 난 그냥 네가 왜 그렇게 열심인지 궁금해서. 잘난 척하려고 하는 건 아닌 게 확실하길래. 혹시 네가 요새 작업 중인 게 있나 싶은 생각도 들고……. 이를테면 전자 감시 장치 피하는 법 같은 거?"

"그럼 나도 좋겠다."

내가 정말로 그런 방법을 알지도 모른다고 생각했다니 신기했다. 내가 기술 수업 시간에 초집중했던 건 사실이다. 잘 만든 프로그램은 하나의 아름다운 작품이나 다름없기 때문이지만, 학교 식당에서 요란하게 떠들 만한 얘깃거리는 아니다.

맥스는 잠자코 내 다음 말을 기다려 주었다. 내가 더는 말이 없자 맥스가 말했다.

"넌 여덟 퀸 문제 벌써 이틀 전에 풀었잖아. 근데 밸린저 선생님한테 얘길 안 하더라."

나는 사과를 오물거리며 대답할 말을 생각해 보았다. 그사이 맥스는 케첩을 뜯어 감자튀김에 뿌렸다.

맥스가 다시 물었다.

"내 말이 맞지?"

"음, 답을 찾긴 했는데 방법 면에서 최고가 아니었어. 그래서 아무 말도 안 했어."

밸린저 선생님이 나를 대하는 태도까지는 말하고 싶지 않아서 그렇게만 말했다.

"내가 답을 찾은 건 어떻게 알았어?"

"넌 거의 됐다 싶으면 콧노래를 부르고, 성공하면 숨을 참더라."

정말? 맥스가 그걸 알았다고? 다른 많은 아이들과 마찬가지로 나 역시 감시에는 익숙했다. 하지만 남에게 나를 보이는 것에는 익숙하지 않았다. 자신을 중심으로 세상이 돌아가는 걸 당연하게 생각하며 사는 것 같은, 후줄근한 옷과 부스스한 머리로도 숨길 수 없는 자신만만함을 풍기는 남자애한테라면 더더욱 그랬다.

맥스가 쟁반을 한쪽으로 치웠다.

"난 죽을 때까지 여덟 퀸 문제는 풀지 못할 거야."

"그런 말 하지 마."

오늘 아침 누가 나더러 내가 맥스 맥클래런에게 격려의 말을 해 주게 될 거라고 했다면 난 말도 안 되는 소리라고 손사래를 치지 않았을까. 이거야말로 뜻밖의 사건 그 이상이었다. 그런데 맥스는 너무 자신 없어 보였다. 복도에서 친구들과 우스꽝스러운 짓을 하거나 선생님들한테 시시껄렁한 장난을 치는, 내가 그동안 익히 보아 온 남학생들과는 사뭇 달랐다.

"차근차근 하나씩 하면 돼."

맥스가 고개를 저었다.

"난 아빠 등쌀에 못 이겨 그 수업을 듣는 것뿐이야. 내 생각은 달라. 난 말이나 사람, 직감하고 맞는 사람이야. 부호나 논리, 수하고는 맞지 않아."

내가 대수학 선생님이 했던 말을 앵무새처럼 따라 읊었다.

"맥스. 수학은 누구나 잘할 수 있어."

맥스가 씩 웃었다.

"그래도 남보다 수학을 더 잘하는 사람들도 있잖아."

내가 고개를 끄덕였다.

"그건 맞아."

맥스가 음료 뚜껑을 만지작거리며 말했다.

"실은 내가 너하고 얘기해 보고 싶었던 것도 그래서야."

"수학 때문에?"

"수학 때문이라기보다는…… 코딩 때문이라는 게 더 정확하겠지."

내가 좀 날카로운 목소리로 물었다.

"그럼 타일러한테 가야 하는 거 아니야?"

"아니. 내 문제는 사인펜으로 팔에 그림이나 그리고 다니는 사람보다는 프로그래밍 선수를 찾아야 해결될 것 같아서."

나는 코웃음을 쳤다. 타일러가 실제로 코딩을 하는 것보다

텔레비전에 나올 법한 프로그래머 흉내를 내는 것에 더욱 관심 있어 보인다고 생각하는 건 나하고 프리야뿐인 줄 알았다.

맥스가 진지한 얼굴로 나를 쳐다보았다.

"혹시…… 나하고 얘기하는 게 싫은 건 아니지? 내가 방해했나?"

내가 맥스와 눈을 맞추며 말했다.

"음, 아니야. 전혀."

나는 지금의 상황이 자못 궁금할 따름이었다.

"좋아. 너 라이더 울리백이라고 알아?"

"알지."

라이더 울리백은 루비 구두 앱 개발자다. 앱이 처음 출시됐을 때에는 부모가 아이들의 위치를 추적하고 귀가를 원할 때 땡 하고 알림음을 보내는 기능이 전부였다. 알림음을 보낼 때 누르는 버튼 이름은 '뒤꿈치를 맞부딪쳐라'였다. 《오즈의 마법사》에서 주인공 도로시가 루비 구두 뒤축을 세 번 맞부딪치고 집 생각을 하면 집으로 돌아가게 된다는 설정에서 따온 것이다. 내가 보기엔 좀 유치한 것 같지만, 그거야 개발자 마음이니까.

루비 구두 앱에는 6개월에 한 번씩 부모가 활용할 수 있는 기능이 새롭게 추가되는 것 같았다. 발걸음 추적, 사진 요청,

주고받는 모든 문자 메시지 확인. 엄마는 새로운 기능이 나올 때마다 열렬히 환호했다.

작년에 루비 구두는 한 정보 기술 대기업에 팔렸지만, 울리백은 이후로도 개발에 참여했다. 내가 코딩을 좋아한다고 말하면, 어른들은 대개 울리백이 내 롤 모델일 거라고 넘겨짚었다. 그런데 사실을 말하자면, 공책에 그린 울리백의 얼굴 위로 내가 붙인 이름은 '네메시스'다. 인간의 행복과 불행을 결정하는 그리스 신화 속 율법의 여신.

"음, 우리 아빠는 울리백한테 꽂혔어. 우리 아빠도 너하고 비슷해."

"설마."

맥스의 아빠는 어른이고 또 억만장자가 아닌가.

"내 말은 우리 아빠도 컴퓨터 전문가라고. 그래서 나도 그런 사람이 되길 원하셔. 아니 최소한 수학이든 과학이든 아빠가 중요하다고 생각하는 걸 내가 잘하고 좋아하길 바라시지. 그래서 내 시간도 맘대로 못 쓰게 끝없이 간섭하신다니까."

백번 공감되는 말이었다. 그렇긴 하지만 왜 나한테 루비 구두 개발자 이야기를 하는지 이해가 되지 않았다.

"너희 아빠가 울리백한테 집착하시는 이유가 뭔데?"

"울리백을 회사에 데려오고 싶어서 그래. 아빠는 우리 회사의 소프트웨어를 새롭게 만들어서, 비용을 확 줄이고 싶어 하거든. 그러면 할아버지한테 아빠 능력을 증명할 수 있잖아."

손가락으로 음료 뚜껑을 따는 맥스의 얼굴은 어딘가 불편해 보였다.

"가엾은 부자 소년 시늉이나 하는 것 같아서 미안한데, 부모한테서 회사를 통째로 물려받는 게 좋기만 한 건 아니야."

맥스가 한 말을 생각해 보았다. 평생을 부모와 복잡하게 얽힌 채 살아야 한다고 생각하면 별로 좋지는 않을 것 같았다. 아무리 내 전용 비행기가 생긴다고 해도 말이다.

"그런데 그게 루비 구두하고 무슨 상관인데?"

"우리 아빠가 그동안 울리백을 만날 방법을 찾으려고 울리백 주변 사람들을 많이 만나 봤거든. 그 과정에서 내부 정보를 좀 알게 되셨어."

완전 흥미가 동하는 말이었다.

"그게 뭔데?"

우리 아빠도 코딩을 하지만 이름난 개발자는 아니다. 맥스네 가족이 하는 사업은 아빠가 하는 일과는 차원이 달랐다.

"다음번 루비 구두 업데이트에 부모가 원하면 언제든 카메라를 켤 수 있는 기능이 추가된대. 마이크도 켤 수 있고."

내 양팔의 모든 털이 곤두섰다. 휴대폰으로 나를 보고 듣는

다니. 그것도 언. 제. 나.

"안 돼."

오늘 아침 조용히 숲속을 걸었던 때를 떠올렸다. 내 방에서 프리야하고 붙어 앉아 속닥거리던 때도, 그리고 탁자를 사이에 두고 맥스와 마주 앉은 지금 이 순간도.

"안 돼."

나는 다시 한번 중얼거렸다. 이번엔 더 큰 소리로.

맥스가 말했다.

"심하지. 부모들이 계속 그런 기능을 추가해 달라고 요구했대."

왜 아니겠어. 엄마가 알면 감격하겠네. 내가 무슨 말로 반대해도 엄마가 그 기능을 쓰는 걸 막을 수는 없을 것이다. 근데 내가 숨기는 게 없다면 신경 쓸 필요 없잖아? 나도 안전하게 살고 싶어, 안 그래?

"언제 출시되는데?"

"조만간. 우리가 그걸 막지 못하면."

평소 맥스가 잘 앉는 식당 중앙 탁자 자리에 앉아 있던 채즈 애런슨이 맥스에게 사과를 던졌다. 맥스가 일어나 한 손으로 사과를 잡았다. 맥스는 받은 사과를 티셔츠에 슥슥 문질러 한 입 크게 베어 물더니 다시 던질 것처럼 팔을 번쩍 들었다.

"더러워." 하고 채즈는 소리쳤지만, 아무리 봐도 좋아 죽겠다는 얼굴이었다. 채즈에게 맥스의 침으로 범벅이 된 사과는 상이나 마찬가지였다. 억만장자 부모를 둔 데다 미남이기까지 하다 보니, 맥스와 관련된 거라면 다들 서로 가지려고 난리였다. 베어 먹은 사과마저도.

"멍청이."

말과는 달리 맥스의 말투엔 친근함이 담겨 있었다. 나는 죽었다 깨어나도 맥스처럼은 못 할 것 같았다. 채즈에게 사과를 되던진 뒤 맥스가 나와 눈을 맞추고 물었다.

"수업 끝나고 젤다 아이스크림 가게에서 만날래?"

놀라서 뛰는 가슴을 겨우 눌러 진정시켰다.

"루비 구두 때문에 가능할지 모르겠는데."

학교 수업이 모두 끝난 뒤 뭉그적거리며 잠시나마 엄마의 감시망을 피하는 경우가 아예 없는 건 아니다. 사실 엄마는 오후에 내가 학교 밖으로 나왔다는 알림음을 받기 전까지는 앱에 신경을 많이 쓰지 않는 편이다. 하지만 엄마가 한 번도 만나 본 적 없는 친구와 아이스크림 가게에 간다고 하면 반대할 게 뻔했다.

"할 말이 더 있는데, 여기선 곤란해."

맥스가 채즈를 보며 말했다. 채즈는 다시 사과를 던지려 하고 있었다.

내가 고민하며 눈길을 돌리는 순간, 한쪽 팔에 붕대를 감은 프리야가 마침 식당으로 들어왔다. 프리야는 맥스에게서 나에게로 눈을 돌리고는 입 모양으로 "이게 무슨……." 하고 물었고, 나는 깔깔거리다 말없이 웃었다.

프리야를 보니 아이스크림 가게에 갈 수 있는 방법이 떠올랐다.

내가 맥스에게 말했다.

"좋아. 이따가 만나."

4장

마지막 수업이 끝났음을 알리는 종이 울리자, 나는 사물함을 향해 전력으로 달렸다. 그러나 프리야가 한발 더 빨랐다.

내가 프리야의 책가방을 받으며 말했다.

"내가 들어 줄게."

"내 팔다리 얘기는 그만하면 됐고."

난 이미 점심을 먹고 남은 몇 분 사이에 프리야에게 질문을 쏟아 낸 뒤였다.

내가 놀란 표정을 지었다.

"너 다리도 다쳤어?"

"말 그만 돌리고. 너하고 맥스 맥클래런, 둘이 뭔데?"

무슨 말을 해야 좋을지 몰랐다. 네 시간 전만 해도 맥스 맥클래런은 나에게 소설 속 인물과 다름없었다. 우리의 수다 속 주인공이지, 내가 실제로 말을 주고받을 대상은 아니었단 얘기다. 그런데 갑자기 같이 점심을 먹고 맥스의 아버지 얘기를 듣는 건 물론이거니와 아이스크림 가게에서 만나기로 약속까지 한 사이가 되다니.

좀 생각할 시간이 필요해서 프리야의 책가방에서 짐을 꺼내 사물함에 넣어 준 뒤, 내 가방에 든 짐도 몽땅 사물함으로 옮겼다. 월요일부터 봄 방학이라 집에 아무것도 가져갈 필요가 없었다.

내가 프리야에게 빈 가방을 건네고 우리 둘의 사물함 문까지 닫고 나자, 프리야가 더는 참지 못하고 말했다.

"시간 다 됐어. 말해."

"알았어. 그런데 좀 걷자."

우리 말이 누구 귀에라도 들어가는 건 정말이지 피하고 싶었다.

내가 입을 열었다.

"맥스는 기술 수업 시간에 우리 뒤에 앉아."

프리야가 멀쩡한 손을 내 어깨에 얹고 나를 자기 쪽으로 돌려세웠다.

"애버릴. 지금부터 30초 안에 또 내가 아는 걸 말하기만 해. 그랬다간 나 진짜 숨이 꼴깍 넘어갈 테니까. 그럼 넌 내가 아니라 우리 엄마한테 이실직고해야 될걸."

"알았어."

나는 프리야가 나올 수 있게 문을 잡아 주었다. 그런 뒤 프리야와 함께 학교 앞 따뜻한 콘크리트 계단에 앉아 본격적으로 이야기를 시작했다.

내 말이 끝나자 프리야 입에서 나온 첫마디가 이랬다.

"그러니까 우리가 꾐수를 쓰자, 뭐 이런 거지?"

나는 이래서 프리야가 좋다. 프리야는 눈치가 빠르고 언제라도 기꺼이 작은 모험을 감행할 마음이 있는 아이다.

"너만 괜찮다면?"

학교 수업 끝나고 프리야네 집에 간다고 해 놓고 프리야한테 내 휴대폰을 맡기면 엄마는 우리 둘이 같이 있다고 생각할 것이다. 전에도 프리야와 내가 번갈아 가며 몇 번 이런 적이 있긴 했지만, 그땐 단순히 추적을 피하는 게 재밌어서 그랬다. 그런데 이번엔 더 큰 목적을 위해 움직인다고 생각하니 자못 흥분이 됐다.

프리야가 말했다.

"알았어. 이 빚은 꼭 갚아라."

내가 약속했다.

"뭐든 말만 해."

"하나부터 열까지 다 말해 줘. 이번엔 뜸 들이지 말고."

5장

우리 학교는 매우 현대적인 동네와 예스러운 시가지 중간에 있다. 벽돌로 장식된 상점들이 세 개의 골목을 따라 줄지어 있는데, 저마다 다른 빛깔의 파스텔색으로 칠한 그 상점들에서는 먹을거리와 미시간주를 주제로 한 기념품과 여성복을 판다.

젤다 아이스크림 가게에 도착하니, 진열창에 흘림체로 써 붙인 검은색 글자들 옆으로 주머니에 손을 찌른 채 아이스크림을 구경 중인 맥스가 눈에 들어왔다. 침착하기 이를 데 없는 모습이었다. 나와는 달리. 내가 하나로 묶은 머리를 단단히 조이기 위해 손을 올리려는 찰나, 맥스가 창문 쪽으로 돌아섰다. 나를 보자마자, 맥스의 어깨가 누그러졌다. 겉보기와는 달리 긴장했던 걸까.

"뭐 먹을래?"

내가 안으로 들어가자, 맥스가 물었다. 그리고 씁쓸한 웃음과 함께 한마디를 덧붙였다.

"내가 살게."

"안 사 줘도 돼. 헬리콥터는 없어도 아이스크림 사 먹을 돈은 있어."

"미안. 기분 나빴어?"

"아니. 그런데 네가 부자이기 때문에 무조건 사야 한다고 생각하지는 마."

"내가 너한테 사이버 범죄의 공범이 되어 달라고 부탁하고 있기 때문이라면?"

"그렇다면 살 만하네."

맥스는 쿠키앤드크림 콘을, 나는 초콜릿아이스크림 컵을 받아 들고 등받이가 높은 나무 의자에 자리를 잡았다.

내가 물었다.

"무슨 생각인지 얘기나 들어 보자."

"너 라이더 울리백 연구실이 클래리언 대학교에 있는 거 알고 있었어?"

"정말? 나 일요일에 출발하는 캠프행 버스를 그 학교에서 타기로 했는데."

프리야와 나는 사흘간의 코딩 캠프와 함께 봄 방학을 시작하기로 했다. 캠프행 버스가 클래리언 대학교에서 우리를 태우고 출발할 예정이었다.

맥스의 눈이 휘둥그레졌다.

"헐, 대박."

"뭐야, 너 알고 있었어?"

"나도 그 캠프에 가기로 되어 있거든."

나는 아이스크림에 숟가락을 꽂고 맥스에게 온 신경을 집중했다.

"가기로 되어 있다니?"

"울리백은 사람들 앞에 나서지 않아. 절대로. 그 대학 교수도 아니고. 울리백이 클래리언 대학교에 엄청난 액수의 돈을 냈나 봐. 그 대가로 대학교에서 울리백한테 탑 속의 아지트를 만들어 준 셈이지."

"탑이라니?"

들으면 들을수록 모든 게 비현실적으로 느껴졌다.

맥스가 어깨를 으쓱했다.

"내가 구글 지도에서 봤어. 울리백의 연구실은 높은 탑이 있는 건물에 있더라."

"그래서? 그게 우리나 그 업데이트하고 무슨 상관인데?"

맥스가 아이스크림콘으로 나를 가리키며 말했다.

"무슨 상관이냐 하면, 울리백은 자기가 만든 앱이 현실 세계에서 무슨 짓을 하고 있는지 하나도 모르거든. 부모들이 자식들을 통제하기 위해 그 앱을 쓰고 있다는 걸 모른다고. 그런데 누군가가 그 사실을 알려 주면 업데이트를 중단할지도 모르잖아."

맥스는 길게 숨을 들이마셨고, 다시 입을 뗐을 땐 목소리가 하도 작아서 나한테 하는 말이 아니라 혼잣말을 중얼거리는 것 같았다.

"난…… 지금의 손톱만 한 자유마저 잃을 수도 있어. 그건 안 돼."

"아무리 그래도 우리가 그 업데이트를 중단시킬 수 있다고 생각하는 이유는 뭐야?"

어린애 둘이서 루비 구두를 좌지우지할 수 있다고 생각하다니 황당할 따름이었다. 내가 알기론 휴대폰에 그 앱이 안 깔려 있는 애는 거의 없다. 진짜 부자라서 그런가. 돈이 많으면 세상에 못 할 일이 없다고 믿게 되나 보다.

"우리 아빠한테 들었는데 울리백이 애들한테 약하대. 카페에서 울리백의 비서를 만날 때 아빠가 나를 데려간 것도 그래서고. 아빠는 내가 옆에 있으면 비서가 자기를 울리백과 만나게 해 줄지도 모른다고 생각하셨거든. 애들을 응원하는 차원에서든, 다른 이유에서든."

"그래서 만나게 해 줬어?"

"아니."

실망했던 아버지가 떠올랐는지 맥스의 입꼬리가 처졌다.

"올리백은 대화 상대를 고르는 기준이 엄청 깐깐해. 그러니까 비서부터 보내서 사람을 걸러 내는 거겠지. 비서가 나한테 몇 가지를 물었는데 내가 답할 수 없는 질문이었어. 비서 말이 난 재미가 없대."

마지막 말은 나에게라기보다 탁자에 대고 하는 말에 더 가까웠다.

"그건 아닌데."

내가 곧바로 부인하자 맥스가 고개를 들고 웃음을 지었다.

"말은 고마운데 난 괜찮아."

맥스가 어깨를 살짝 으쓱했다.

"비서가 그러더라. 돈이 있다고 재밌는 사람이 되는 건 아니라고. 그 말이 나보다 우리 아빠에게 더 거슬렸을 거야. 체스에서 지고 나선 아빠 기분이 더 나빠졌을 거고."

"체스?"

"카페에 체스와 체커 세트가 종류별로 있더라. 비서가 자기하고 체스를 둬서 아빠가 이기면 올리백을 만나게 해 준다고 했어."

"그래서 이겼어?"

"아니."

그 말을 할 때 맥스는 아무렇지도 않은 듯 보였다.

40

"그런데 비서 말이 아빠 실력이 울리백과 면담은 못 해도 메시지를 전해 줄 정도는 된대. 내가 너를 데려가려는 것도 그래서야."

"나 체스 못 두는데."

그나마 아는 규칙이래 봤자 퀸을 움직이는 방법이 다였다.

"대신 코딩을 잘하잖아. 비서가 나한테 코딩 관련 질문을 했거든. 비서 눈에 넌 *재밌는 사람*으로 보일 게 확실해."

그 수수께끼 비서가 나를 재밌는 사람으로 여길 거라니 솔직히 나쁘진 않았다. 울리백 같은 사람이 나를 만나고 싶어 할 거라는 말도 기분은 좋았다. 그런다 한들 그다음 상황까지 이해가 되는 건 아니었다.

"설령 만난다고 치자. 그다음엔? '제발 이 업데이트를 중단하고 수백만 달러를 포기해 주시면 안 될까요? 왜냐하면 업데이트가 되면 우리가 너무 슬퍼지거든요.' 하고 말할까?"

맥스는 책가방에서 지갑을 찾았다. 그리고 지갑에서 기사가 인쇄된 작은 신문지 조각을 꺼내 나에게 건넸다.

기사에 실린 울리백의 말은 이랬다.

"나는 아이들이 더 나은 삶을 살기를 바랄 뿐입니다. 만약 나의 앱이 아이들에게 고통을 준다면 나는 즉시 앱을 중단시킬 것입니다."

내가 신문지 조각을 되돌려주며 말했다.

"말은 쉽지."

"누구보다 돈이 많은 사람이야. 진짜야. 돈 좀 더 번다고 행복하지는 않을걸."

흔들림 없는 파란 눈동자에서 맥스의 확신을 느낄 수 있었다. 그 큰 집에서 대체 어떻게 살길래 이러나 의아하기도 했지만, 차마 물어볼 수는 없었다.

내가 마지못해 말했다.

"네 계획이 먹힌다 치자. 하지만 우리가 어떻게 그 계획을 실행할 수 있다는 거야? 내가 엄마 아빠를 설득해서 버스 타는 데까지 못 따라오게 만든다고 해도, 물론 그것도 쉽지는 않겠지만, 그래 봤자 우리가 쓸 수 있는 시간이 얼마나 되겠어? 20분? 20분이면 울리백한테 우리를 만나 달라고 설득하는 건 고사하고, 울리백을 찾을까 말까 한 시간이야. 울리백 비서가 됐든 누가 됐든 같이 체스라도 둬야 한다면 시간이 더더욱 빠듯하겠지. 제대로 해 보려면 학교 안에서 몇 시간은 있어야 될걸. 며칠이 될 수도 있고."

맥스는 아무 말도 하지 않고 아이스크림만 핥았다. 내 앞엔 코딩할 때와 똑같이 골치 아픈 문제가 놓여 있었고, 왠지 끝까지 가 보고 싶은 오기가 생겼다.

"너 지금 우리가 버스를 놓치기를 원하는 거야?"

"역시 내가 보는 눈이 있다니까. 사흘이면 충분해. 게다가 대학교는 숨기 좋은 곳이거든. 도서관 24시간 개방하지, 건물마다 화장실 있지. 게다가 봄 방학이라 다양한 캠프에 참석하거나 엄마 아빠 따라서 놀러 온 애들이 많을 거라고. 우린 자연스럽게 그 속에 섞일 거야. 그러다 코딩 캠프 끝나고 오는 버스를 기다리고 있다가 부모님하고 집으로 가면 끝. 식은 죽 먹기야."

"그럼 너나 해. 난 못 해."

내가 캠프에 가지 않고 클래리언 대학교로 숨어들었다는 걸 엄마 아빠가 알아채면 나를 두 번 다시 집 밖으로 나가지 못하게 할 거다. 작년에도 온갖 난리 끝에 언니가 사실상 자기 방에 감금당한 적이 있었다. 난 걸어서 등교를 못 하는 건 물론이고 프리야네 집 근처에도 못 가게 될 거다.

프리야. 나는 늘 휴대폰을 넣어 두는 주머니로 손을 뻗었다. 휴대폰은 프리야한테 있었다. 시간이 얼마나 흘렀는지 몰라도 프리야가 나를 대신해 주는 시간이 짧을수록, 우리가 걸릴 가능성도 줄어드는 것만은 확실했다.

나는 자리에서 일어섰다.

"아이스크림 사 줘서 고마워. 나를 그런 일을 할 수 있는 사람으로 생각해 준 것도 고맙고. 그런데 난 못 해. 나는 코딩을 하는 사람이야. 그 말은 곧 내가 규칙을 따르는 사람이라는 뜻이지."

"너 마음 가는 대로 해."

대답과 달리 맥스는 나 자신도 모르는 나를 알기라도 하듯 묘한 웃음을 짓고 있었다.

6장

　우리 집 근처 인도에 있는 프리야를 발견하고 곧바로 달리기 시작했다. 계획대로라면 프리야가 나오는 게 아니라 내가 휴대폰을 가지러 프리야한테 가야 했다.

　"엄마한테서 전화 안 왔지?"

　내 물음에 프리야가 고개를 끄덕였다.

　"문자 메시지만. 네가 와서 다행이야. 최대한 천천히 걸었거든. 근데 '목적지에 이르는 거리를 매번 절반씩만 가면 절대 목적지에 도달하지 못한다'는 제논의 역설은 수학에만 통하는 건가 봐."

　프리야에게서 내 휴대폰을 건네받고 메시지를 확인했다. 엄마가 프리야하고 같이 간식 먹으러 올 건지 물었다. 프리야하고는 초등학교 3학년 때부터 친구라, 프리야는 이 말이 실제론 질문이 아니라는 걸 누구보다 잘 알고 있었고 따라서 **좋죠!** 하고 문자 메시지로 답한 뒤, 루비 구두 앱에서 내가 움직이고 있다는 걸 보여 주기 위해 우리 집으로 걷기 시작한 것이었다.

　프리야가 말했다.

"아줌마는 우리 집에서 치토스라도 먹일까 봐 안절부절못하셨을걸."

"솔직히 아줌마는 치토스 주셨을 것 같은데. 오늘 내가 안 가긴 했지만."

프리야 엄마도 과잉보호를 하는 편이지만, 먹을거리에 있어서는 덜 민감하다. 엄마는 내가 프리야네서 저녁을 먹는 건 좋아했다. 프리야 엄마의 단골 저녁 메뉴인 인도 요리는 건강식이라고 생각해서였다. 반면 간식은 가공식품을 줄 때가 많아서 썩 달가워하지 않았다.

우리 집으로 이어지는 긴 진입로를 느릿느릿 걸어 올라가며 프리야가 재촉했다.

"빨리 말해 봐. 너희 집 들어가기 전에 둘이 무슨 얘기 나눴는지 좀 들어 보자."

내가 맥스한테 들은 대로 대충 계획을 말해 주었다. 프리야의 눈이 점점 커졌다.

프리야가 속삭이듯 물었다.

"너 할 거야?"

"지금 45분도 안 돼서 걸릴 뻔했잖아. 내가 무슨 수로 사흘을 버티겠어?"

"내가 장담하는데 어쩌면 그게 더 쉬울걸. 캠프 가면 아줌마도 널 못 보는 게 당연하다고 생각하실 거 아냐. 내가 문자 메시지로 확실하게 너인 척해 주면 되고."

프리야가 꿀이 뚝뚝 떨어지는 목소리로 장난스레 말했다.

"네, 엄마. 물론이죠, 엄마. 당근까지 다 먹었어요, 엄마.'"

내가 고개를 내저었다.

"하하. 그래도 난 못 해."

프리야가 생긋 웃었다.

"하고 싶긴 하잖아."

엄마가 문을 열고 손을 흔들었다.

나도 엄마를 향해 손을 흔들었다.

"난 내가 하고 싶은 건 생각을 안 하려는 주의라."

7장

식탁 앞에 앉아 스파게티소스에서 풍기는 마늘 향을 한껏 들이마셨다. 나는 평화로운 저녁 식사를 원했지만, 비어 있는 언니의 자리와 더불어 얼굴을 구기고 앉은 엄마 아빠를 보고 있자니 그럴 가능성은 희박한 것 같았다.

내가 분위기를 바꿔 보려고 운을 뗐다.

"나 오늘 수학 시험에서 에이(A) 받았어요."

엄마가 말했다.

"벌써 봤어. 잘했다."

아빠가 말했다.

"매일 같은 시간에 저녁을 먹는데 시간 맞춰 내려오기가 그렇게 어렵나?"

엄마가 체념한 듯 말했다.

"델리아 성격 알면서."

아빠가 식탁에 냅킨을 던졌다.

"내가 가서 데려올게."

잠시 뒤 계단 끝에서 고함이 들렸다.

"델리아, 엄마는 너를 위해 밥해 주고 청소해 주는데, 적어

48

도 엄마를 기다리게 하지는 말아야 할 거 아니야."

언니가 지지 않고 말했다.

"나 먹을 건 내가 만들어 먹겠다고 했잖아요. 근데 그것도 싫다면서요."

"믹서기에 채소 갈아 먹는 게 요리야? 과학 실험이지."

아빠는 귀엽게 봐주겠다는 말투였다. 다행이었다.

"자, 어서 가자. 엄마한테 사과하고 다 같이 기분 좋게 저녁 한번 먹어 보자."

잠시 후 언니가 빙그르르 돌며 주방으로 들어왔다. 연회색 벽에 어두운 마룻바닥과 대비된 언니의 산딸기색 원피스가 환해 보였다. 언니는 춤을 잘 추고, 어디에든 주목을 끄는 몸 짓과 함께 나타나길 좋아한다. 밝은 갈색 머리와 연파랑 눈동 자는 나와 다를 게 없지만, 왠지 언니는 모든 게 나보다…… 튀어 보인다고 해야 하나.

"기다리게 해서 죄송합니다."

공손한 말투였지만, 지나칠 정도로 사근사근한 목소리엔 빈정거림이 잔뜩 묻어 있었다. 언니는 곧바로 앉지 않고 *사과의 소녀상* 자세라도 취하는 사람처럼 고개를 갸웃하며 양손을 모았다.

"괜찮아."

그렇게 답하는 엄마 역시 진심은 아니었다.

아빠가 목청을 가다듬었고 나는 언니가 눈치껏 자리에 앉기를 바라며 입술을 깨물었다.

언니가 다시 말했다.

"제 옷을 빨고 개어 주셔서 감사합니다."

언니가 기어이 한마디를 더했다. 긁어 부스럼 만드는 데 소질이 있는 사람이니까.

"굳이 해 주시지 않아도 되긴 하지만요."

이렇게 화를 돋울 땐 대체 뭘 얻으려는 속셈인지 난 정말 알다가도 모르겠다. 그런다고 엄마가 바뀌는 것도 아닌데. 물론 언니 역시 바뀌지 않는 건 마찬가지겠지만. 언니의 행동은 우리의 생각 따윈 안중에도 없이 밀어붙이기 일쑤인 엄마 아빠를 변화시키지 못했다.

엄마가 말했다.

"감사하긴. 이제 너희 둘 다 무척 독립적으로 변하고 있어서, 예전만큼 챙겨 줄 기회도 많지 않은데 뭘."

언니가 마침내 자리에 앉으며 말했다.

"엄마도 취미가 필요하지 않을까요. 일을 하시든지. 영문학학위를 썩히지 마시고요."

아빠가 경고를 날렸다.

"델리아."

하지만 엄마는 깔깔 웃고 말았다.

"아직은 너희 둘이 엄마한텐 큰 일거리거든. 농담 아니야. 그것도 상당한 노력을 요하는 일거리지."

"글쎄요. 난 그렇다 쳐도, 애버릴이 엄마한테 그렇게 힘든 일거리인지는 의문이네요."

나는 대화에 엮이기 싫어서 무릎만 쳐다보았다.

아빠가 중재에 나섰다.

"자, 두 사람 다 그만하면 됐으니까 이제 저녁 먹자."

나는 우리가 식사 때마다 쓰는 무거운 포크 하나를 집어 조심스럽게 파스타를 돌돌 감기 시작했다. 내가 분홍색 식탁 깔개에 토마토소스를 묻힌다고 엄마가 소리치지는 않는다. 하지만 한숨을 쉴 게 불 보듯 뻔했다. 어떤 면에서는 그게 더 부담스러웠다.

잠시 침묵이 지난 뒤, 엄마가 냅킨으로 입을 훔치고 말했다.

"애버릴, 너 왜 맥스 맥클래런하고 친구라는 말 안 했어?"

언니가 놀라서 물었다.

"억만장자 맥스 맥클래런? 기특한데, 애버릴."

아빠가 말했다.

"억만장자는 무슨, 백만장자 정도지."

억만장자든 백만장자든 그게 맥클래런 가족을 좋아하거나 싫어하는 기준이 될 수 있는지 의문이다. 아빠는 넉넉지 않은 환경에서 자랐지만, 컴퓨터를 아주 잘 다룬 덕분에 뜻밖에도 부자가 되었다. 아빠는 부자를 가늠하는 재산의 기준을 두고 생각이 많다. 누군가가 아빠보다 재산이 많다고 하면 의심부터 하는 편이다.

나는 대답할 시간을 벌기 위해 입속에 파스타 가락을 한가득 쑤셔 넣었다. 이건 함정일 수도 있다. 함정이 맞다면 아이스크림 가게에 갔던 얘기도 하지 않을 수 없다. 그러면 어떻게 동시에 두 장소에 있을 수 있었는지까지 설명해야겠지. 일단 아직 거기까지는 모른다고 생각하는 게 상책이었다. 다른 가능성은 생각만 해도 끔찍했다.

내가 입을 뗐다.

"코딩 수업을 같이 들어요."

엄마가 말했다.

"음, 네가 상당히 인상적이었나 보네. 맥스 엄마가 일요일에 같이 점심이나 먹자던데. 너희 둘이 함께 수업을 들으니까 부모들끼리도 알고 지내면 좋겠다는 것 같더라."

"난…… 어…… 엄마는 뭐라고 했는데요?"

오만가지 생각이 태풍처럼 몰아쳤다. 맥스가 자기 부모님한테 뭐라고 했길래? 일요일 점심이면 캠프행 버스 타는 데 데려다줘야 할 시간인데? 대체 맥스는 무슨 생각을 하는 걸까?

"알겠다고 했지. 엄마가 어렸을 때부터 그 집에 얼마나 들어가 보고 싶었는데."

언니가 나에게 말했다.

"이러니까 엄마 아빠가 널 더 예뻐할 수밖에."

"우리는 편애 안 해."

엄마는 아니라고 말했지만, 거짓말이라는 건 나 포함 온 가족이 아는 사실이었다.

나는 작지만 내가 할 수 있는 한 가지에 초점을 맞춰 보기로 했다.

"그럼 프리야한테 아줌마 차 같이 타고 가도 되냐고 물어볼까요?"

"아니, 맥스 엄마 말이 그 집 운전기사가 너하고 맥스를 태워다 줄 거래."

깜짝 놀란 언니가 말했다.

"그 집 운전기사래. 대박!"

맥스는 우리 가족을 내가 컴퓨터 화면 속 인물을 움직이는 것만큼이나 간단히 움직였다. 노심초사 지켜보는 부모님이 없다면 캠프행 버스를 빠져나오는 게 훨씬 쉬울 것이다. 엄마

역시 맥스네 집에 간다고 들떠서 내가 좀 초조해할지라도 금
방 눈치채지 못할 가능성이 컸다.

아빠가 말했다.

"거기 익숙해지지만 마. 운전기사 말이다."

언니가 끼어들었다.

"애버릴이 너무 버릇없고 까다로우니까 말이죠?"

나를 옹호해 주고 싶은 언니 마음은 고맙지만, 난 지금 온
식구가 기분 좋게 식사를 끝내기만을 바랄 따름이다.

나는 함박웃음을 지으며 모두를 향해 말했다.

"걱정 마세요. 난 벌써 운전기사가 셋이나 되는데. 네 번째
기사까지는 너무 과하지 않을까요?"

코딩의 신, 그리고 세상의 모든 불안에 떠는 동생들의 신이
보우하사, 세 사람 다 웃음을 터뜨렸다.

8장

나는 내 방이 참 좋다. 어릴 적부터 내 방에 도배되어 있던 연분홍색 대신, 작년 여름 엄마한테 허락을 받아 바꿔 칠한 바닷빛 파란색 벽이 좋다. 뒷마당 정원이 내다보이는 커다란 돌출 창도 좋고, 순백색 문도 좋다.

그 문이 닫혀 있을 때에는 더더욱 좋다.

실내 장식을 새로 하면서 엄마는 내가 제일 좋아하는 포스터를 액자에 넣어 책상 위에 걸어 주었다. 포스터의 하얀색 바탕 위에 검은색 글자로 적힌 글은 이랬다. '에이다 & 그레이스 & 조앤 & 메리 & 애나 & 진 & 프랜시스' 유명한 여성 개발자들의 이름이다.

엄마가 이 포스터를 허락해 준 건 *비현실적인 미의 기준을 내세우지 않아서*였다. 엄마가 입버릇처럼 강조하는 말이다. 넬리아 언니 앞에서.

그런데 여기에 나열된 이름들이 나에게 어떤 의미인지 엄마가 알았다면 지금만큼 마음에 들어 하지는 않았을 것 같다. 특히 맨 처음에 적힌 에이다 러브레이스가 어떤 인물인지 알았다면 말이다. 에이다는 여자들이 타일러와 밸린저 선생님보다 훨씬 더 심한 사람들을 상대해야만 했던 1800년대에 프로그래밍을 개발한 수학자다. 또한 에이다 역시 까다로운 엄마 밑에서 컸다. 에이다의 엄마는 딸을 과잉보호했고, 수학과 과학을 잘해야 한다고 다그쳤다. 에이다는 수학을 무척 좋아했지만 파티와 아름다운 드레스, 그 밖의 엄마가 탐탁지 않아 했던 다른 많은 것들도 좋아했다. 그런 에이다가 존재했다는 사실 그 자체만으로도 나는 희망을 느꼈다.

나는 보라색 리본을 손가락에 돌돌 감으며 부모님 모르게 맥스와 연락할 방법을 고민했다. 맥스는 내가 같이 갈 거라고 기대 중인 게 확실했다. 그런데 도무지 그걸 가능하게 할 방법이 떠오르지 않았다. 나는 반항이 체질인 델리아 언니와는 다르다. 언니는 규칙적인 식사를 거부했고, 통금 시간을 어겼고, 속도위반 딱지를 끊었다. 반면에 나는 시키지 않아도 방을 청소했고 학교에서는 모범생이었고, 부모님이 허락한 친구하고만 놀았다.

책상 서랍을 열었다. 12달러 75센트. 아이스크림 사 먹기엔 충분하지만 사흘 동안 식비로 쓰기엔 턱없이 모자란 돈이다.

머릿속에서 배반을 꾀하는 목소리가 슬그머니 말을 걸어왔다. *맥스가 백만장자인데 무슨 걱정이야. 프리야가 이번에도 네 휴대폰을 맡아 줄 수 있어. 프리야도 원하잖아.*

그러나 성공이 보장된 일도 아니고 내가 고의로 사라졌다는 걸 엄마한테 들켰을 때 닥쳐올 분노의 쓰나미를 견뎌 낼 자신도 없었다. 그에 비하면 루비 구두에 새로 업데이트된다는 카메라와 마이크 기능은 문젯거리도 아니었다.

바로 그때 찌르릉 고음의 낯선 벨 소리가 울렸다. 할머니 말고 나한테 전화를 거는 사람은 없었다. 그런데 화면에 뜬 발신인은 '메이 할머니'가 아니라 '발신자 정보 없음'이었다.

내가 초록색 통화 버튼을 눌렀다.

"여보세요?"

"코딩 소녀!"

"맥스? 내 번호는 어떻게 알았어?"

"우리 가족 중에 탐정이 있거든."

사실인지는 모르겠지만 그건 문제가 아니라는 결론을 내렸다. 휴대폰을 귀에 댄 채 벽장으로 들어가 내 목소리가 빠져나가지 못하게 옷 속에 몸을 숨겼다.

"우리 부모님은 왜 초대한 거야?"

"엄마가 초대하신 거야."

"너 진짜……."

"어쩌다 보니 그렇게 됐어. 내가 아이스크림 가게에 있는 걸 엄마가 봤고 누구하고 같이 있었냐길래……. 무심코 네 애기가 나왔어. 미안."

휴대폰 진동음이 울렸다. 귀에서 휴대폰을 떼고 메시지를
확인했다.

엄마

> 방금 통화 중이라는 알림음이 울려서.
> 모르는 번호인데?

한숨이 나왔다.

맥스가 다시 사과했다.

"미안, 진짜 미안."

"너 때문에 한숨 쉰 거 아니야. 우리 엄마 때문에. 엄마가 지
금 누구하고 통화하느냐고 묻잖아."

"뭐라고 할 건데?"

"사실대로 말해야지. 엄마도 아니까, 우리가……."

뺨이 달아올랐고 나는 할 말을 잃었다. 솔직히 나도 우리가
뭘 하고 있는지 모르겠다.

맥스가 내 다음 말을 대신해 주었다.

"같이 다닌다?"

"응. 그거. 괜찮을 거야. 엄마가 우리 통화까지 들을 수 있는

건 아니니까."

맥스가 어두운 목소리로 말했다.

"아직은."

가슴이 쿵쿵 뛰었다. 새로운 업데이트 기능에 대한 맥스의 말이 옳다면 앞으론 비밀 대화는 꿈도 못 꿀 가능성이 컸다. 그 대상이 맥스가 됐든 다른 누가 됐든.

내가 맥스에게 말했다.

"잠깐만."

애버릴

맥스예요. 일요일 점심 때문에 전화했어요.

엄마

그럼 괜찮아. 그래도 10분은 넘기지 마.

애버릴

ㅇㅇ

엄마는 줄임말을 싫어했지만, 나로선 그게 유일한 반항인 셈이었다.

내가 다시 맥스에게 말했다.

"잠깐은 통화하게 두실 것 같아."

"잘됐네. 일요일 점심은 내가 졸라서 만든 약속이라는 얘기를 하려고 전화했어. 그렇게 하면 우리한테 좋을 것 같아서. 만약 네 마음이 바뀐다면 그래야 모든 일이 쉽게 풀릴 거고, 네 마음이 바뀌지 않더라도 그땐 클래리언 대학교까지 같이 차 타고 가면 되니까."

내가 고개를 끄덕였다.

"괜찮네. 어쨌든 같이 타고 간다니까."

"음, 만약에 무슨 이유가 됐든 혹시라도 남겠다고 결정을 하면, 배낭에 사흘 동안 필요한 짐 다 챙겨 와. 배낭을 메고 와야 티가 안 날 거야. 캠프 티 위에 겹쳐 입을 대학교 스웨트 셔츠 같은 것도 가져오고. 나머진 내가 다 알아서 할게."

"너 정말 할 생각이야?"

"응. 루비 구두로 부모들이 무슨 짓을 하고 있는지 울리백이 꼭 알아야 돼. 그걸 알면 울리백이 업데이트를 중단할 거라고 난 믿어. 그리고 내가 만약 울리백을 만나게 되면, 우리 아빠가…… 음…… 날 대단하다고 생각하겠지. 아마도. 그리고 또……."

"또 뭐?"

너무 기어 들어가는 목소리라 휴대폰을 귀에 바짝 붙이고 들어야 했다.

"솔직히 난 잠시나마 자유 시간을 갖고 싶어. 상상이 돼? 아무도 나를 감시하지 않는 사흘간의 자유."

그 마음 알다마다.

"혹시 내가……."

내가 입으로 막 대형 사고를 치려는 찰나, 방문이 벌컥 열리고 델리아 언니가 나를 불렀다.

내가 맥스에게 속삭였다.

"그만 끊어야 해."

맥스도 작게 속삭였다.

"알았어. 내가 해 주고 싶은 말은 이거야. 네가 어떤 결정을 내리든 난 괜찮다고. 부담 갖지 마."

눈을 감고 벽장 벽에 머리를 기댔다. 가슴을 짓누르던 벽돌이 치워진 느낌이랄까. 지금까지 무거운 기대감에서 날 이렇게 해방시켜 준 사람이 있었나? 기억나지 않았다.

언니가 다시 나를 불렀다.

"애버릴?"

나는 소곤소곤 전화를 끊고 벽장 문을 열었다. 내 얼굴에 닿았던 언니의 시선이 내 손에 쥔 휴대폰으로 움직이더니 다시 벽장 문으로 옮겨 갔다.

언니가 앉아 있던 침대 옆을 톡톡 쳤다.

"얘기 좀 해 볼래?"

처음엔 라이더 울리백을 말하는 줄 알았다. 하지만 내 입에서 범죄의 증거가 될 만한 발언이 튀어나오기 전에 다행히 언니가 궁금해하는 상대는 맥스라는 사실을 깨달았다.

"오늘부터 정말 맥스하고 친구가 되어 가는 것 같아."

내가 솔직히 말했다. 난 정말 대화를 나누고 싶었다. 언니는 기분 좋을 땐 누구보다 말을 잘 들어 주는 사람이기도 했다.

언니가 휘파람을 불었다.

"이거 둘 다 난관이 예상되는데. 그 정도 일로 전화를 거는 분들이라면 맥스네 부모님도 우리 엄마 아빠 못지않을 거야."

"맞아, 확실해."

"그런 분들은 *심즈** 게임이나 하면서 행복하게 살지 자식은 왜 낳고 산대."

내가 깔깔거리자 언니가 내 어깨를 팔로 감쌌다. 나는 언니의 어깨에 머리를 기댔다.

언니가 말했다.

"넌 나하고 다르다는 거 알아. 그러니까 나처럼 할 필요는

---

* 가상 인물인 심즈(The Sims) 가족의 삶을 창조하고 조종하는 비디오 게임.

없어. 그래도 할 말은 하고 살 방법을 찾아야지. 싸우지 않고 가만히 있으면 엄마 아빠는 점점 더 많은 걸 빼앗아 갈 거야."

"큰소리가 오가면 난 어쩔 줄을 모르겠단 말이야."

내 목소리는 살짝 흔들리고 있었다.

언니가 어깨에 둘렀던 팔을 내리고 허리를 젖혀 나를 쳐다보았다.

"네가 그러니까 엄마 아빠가 소리를 지르지. 아니면 휴대폰 일주일 압수, 아니면 상담 예약. 그건 네가 극복해야 돼. 네 일부를 잃느니 어떻게든 극복하는 게 낫지 않아?"

"난 그냥 모두가 행복하면 좋겠어."

"엄마 아빠 행복까지 네가 걱정하지 않아도 돼."

내가 살며시 고개를 저었다.

"엄마 아빠는 우리를 사랑해."

언니가 일어서며 말했다.

"맞아. 하지만 그 사랑이 지나치면 죽을 수도 있는 거란다."

9장

언니가 나간 뒤 배낭에 챙길 책을 찾아 책꽂이를 훑었다. 코딩 캠프에 가든…… 다른 어디에 가게 되든, 책을 읽고 싶었다. 아빠한테서 받은 구닥다리 공상 과학 소설도 보고 언니가 물려준 로맨틱 코미디도 보다가, 마지막으로 우주와 컴퓨터와 여성 과학자들에 대한 실화를 다룬 책들로 눈길을 옮겼다. 해마다 크리스마스 선물로 할머니가 보내 주신 책들이었다. 하지만 딱히 마음 가는 책이 없었다.

그러다 책꽂이 맨 아래 칸에 나란히 꽂힌 명작들로 시선을 옮긴 순간 《오즈의 마법사》를 발견했다. 한 번도 읽은 적은 없었는데 루비 구두에 대해 줄기차게 이야기를 하다 보니 꼭 읽어 봐야 할 것 같은 생각이 들었다. 울리백은 앱의 이름을 이 책에 나온 루비 구두에서 따왔다. 뿐만 아니라 앱이 내거는 슬로건도 "집이 최고야!"라는 마녀의 주문 그대로였다. 울리백이 이 책에 빠진 이유를 알아보는 것도 나쁠 건 없을 것 같았다.

《오즈의 마법사》를 배낭에 던져 넣고 같이 챙겨 두려고 공책을 찾았다. 문득 공책을 아래층에 두고 왔다는 게 생각났다.

주방에 갔더니 엄마가 조리대 앞 의자에 앉아 있었다. 엄마 앞에는 와인 한 잔과 휴대폰이 놓여 있었다.

그리고 내 공책도…….

엄마가 내 공책을 읽고 있었다.

내가 엄마 앞에 멈춰 섰다.

"뭐 하세요?"

"아!"

엄마는 깜짝 놀라면서도 공책을 덮지 않았다. 그런 엄마를 보니 조리대 위의 공책을 휙 낚아채고 싶었다.

"미안. 잘하는 일이 아닌 것도 알고 엄마가 네 공책은 읽지 않겠다고 했지만, 네가 곧 캠프에 갈 거고 새 친구도 생겼길래. 조금 확인해 봐야 하지 않나 싶었을 뿐이야. 네 안전을 위해서."

"내 안전이요?"

속에서 낯설고도 뜨거운 무언가가 부글부글 끓어오르기 시작했다. 그와 동시에 과학 수업 시간에 배웠던 전자레인지의 작동 원리가 생각났다. 식품 속 물 분자를 찾아 내부에서 끓게 만드는 원리라고 했던가. 속은 델 정도로 뜨거운데 밖은 찬 게 그래서랬다.

"엄마는 그냥 네가 무슨 생각을 하는지 궁금해서."

별별 생각이 머릿속을 빠르게 오갔다. 내가 뭐라고 썼더라? 뜻밖의 사건 목록에는 점심시간에 맥스와 같이 앉았던 얘기를 썼다. 그건 엄마도 아는 사실이었다. 그런데 대체 뭘 어디까지 본 걸까?

"난 네 엄마야. 네가 싫다고 해도 엄마는 네 삶에 무슨 일이 일어나고 있는지 알 권리가 있어. 네가 좋은 선택을 할 수 있게 도와줘야 하니까. 루비 구두하고 비슷한 거라고 생각해. 엄마는 널 염탐하려는 게 아니야. 그냥 우리 관계가 잘 유지되고 있고 또 네가 안전한지 확인하려는 것뿐이야."

나는 고개를 끄덕였다. 엄마 말에 동의해서가 아니었다. 언니 말이 옳았기 때문이었다. 앞으로도 엄마의 간섭은 끝이 없을 것이다. 내가 아무리 규칙을 잘 지켜도, '에이(A)'를 받고 또 받아도, 말썽 하나 부리지 않고 얌전히 산다고 해도 달라질 건 없었다.

엄마가 공책을 덮어 나에게 내밀었고 나는 공책을 받으며 억지웃음을 지어 보였다.

"창피해할 것 없어. 보니까 엄마가 이미 아는 내용들이네. 넌 착한 딸이야. 엄마는 네가 늘 현명한 판단을 할 거라 믿어."

현명한 판단?

아, 어디 두고 보면 알겠지.

10장

맥클래런가의 저택은 우리 동네에서 10분도 안 걸리는 곳에 있었지만, 구불구불한 시골길에서 조금 벗어난 위치에 있어서 근처 댄스 스튜디오로 델리아 언니를 데려다주면서 한 번씩 본 게 다였다. 지금은 언니가 직접 차를 몰고 다니기 때문에 이 근방에 온 지도 최소 1년은 된 것 같다.

구불구불한 진입로 끝에는 커다란 검은색 대문이 활짝 열려 있고, 좌우로 펼쳐진 잔디밭에는 정성 들여 가꾼 관목과 신기한 금속 조각상들, 이른 봄 수선화까지 있어 마치 식물원 같았다.

"예쁘다." 하고 엄마가 감탄했다. 엄마는 세련되면서도 너무 차려입은 사람처럼 보이지 않으려고 오늘 아침에 옷을 세 번이나 갈아입었다.

"다 허세야, 허세." 하고 아빠가 대꾸했다. 아빠는 주말마다 입는 청바지와 브이넥 스웨터 차림이었다.

우리는 차를 몰고 두 번째 문까지 올라갔다. 그 문은 닫혀 있었다. 아빠가 차창을 내리고 작은 빨간색 버튼을 눌렀다.

"안녕하십니까?"

여자 목소리가 물었다.

"애버릴 부모님이신가요?"

맥스네 엄마인가? 아니면 가사 도우미?

아빠가 답했다.

"네, 맞습니다."

"쭉 올라오세요."

같은 목소리가 말했고, 문이 열리면서 거대한 회색 석조 주택이 모습을 드러냈다.

원형 진입로에 주차된 대형 회색 승용차 뒤로 아빠가 차를 세웠다. 나와 똑같은 파란색 캠프 티를 입은 맥스가 현관에서 우리를 기다리고 있었다. 한쪽 어깨에 배낭을 멘 모습이었다.

엄마가 말했다.

"어머, 귀엽게 생겼네."

"엄마. 그런 말 좀 하지 말래요?"

"미안. 조심할게."

맥스가 엄마 아빠에게 다가오며 인사를 건넸다.

"안녕하세요, 아줌마, 아저씨. 애버릴하고 같이 가게 해 주셔서 감사해요. 제가 전학 온 지 얼마 안 돼서 아직 친구가 별로 없어요."

아빠는 내키지는 않아도 맥스의 깍듯한 태도에 감탄한 듯 보였고 엄마는 이 가짜 고백에 완전히 반한 눈치였지만, 맥스에게 무슨 대꾸를 할 새도 없이 맥스의 부모님이 현관으로 나왔다.

빠르게 인사를 주고받고 나자, 나이만 많았지 맥스를 그대로 빼다 박은 듯한 맥스의 아빠가 맥스를 향해 말했다.

"손님을 안으로 모시질 않고?"

"죄송한데 애버릴하고 전 이만 가 봐야 해서요. 여기서 인사를 드려야 할 것 같아요."

맥스의 엄마는 검은 머리를 하나로 높이 묶었고, 단추 달린 흰 셔츠와 청바지 차림이었다. 엄마는 아마도 치마 입은 걸 후회하고 있을 것이다. 아줌마가 맥스 어깨에 팔을 두르고 꼭 껴안으며 말했다.

"잘 다녀와, 아들."

"애버릴 하는 거 보고 너도 잘 따라 해 봐."

아저씨가 맥스에게 이렇게 이르더니 다시 아빠에게 돌아서서 말했다.

"맥스한테서 따님 코딩 실력이 대단하다고 들었습니다."

아빠가 빙긋 웃었다.

"부전여전인 셈이죠……. 애버릴이 열심이기도 하고요."

"저도 그렇게 말할 수 있다면 좋으련만. 맥스는 매사를 진지하게 받아들이지 않으니, 원."

맥스가 말했다.

"언제나처럼 격려의 말씀 감사합니다."

아줌마가 끼어들었다.

"그러지 말고……."

아저씨가 말을 잘랐다.

"난 어느 정도 경쟁은 맥스한테도 득이 될 거라는 말을 하는 것뿐이야. 긴장을 늦추지 않도록, 알겠어?"

맥스가 말했다.

"알다마다요. 우리는 그만 가 봐야겠어요. 점심 맛있게 드세요."

맥스가 두 부모님에게 손을 흔들어 인사하고, 계단을 내려가 회색 차 쪽으로 향했다. 알고 보니 아까 본 회색 차가 우리를 기다리고 있던 차였다.

엄마가 초조하게 아줌마 쪽으로 돌아서서 물었다.

"아이들 배고프지 않을까요?"

"걱정 마세요. 우리가 준비한 음식이 있어요. 맥스가 차에서 먹겠다네요."

맥클래런가 사람이 아니라 다른 누가 그런 말을 했다면, 엄마는 끼니를 가볍게 여겨선 안 된다며 한차례 잔소리를 쏟아

냈겠지만, 오늘은 어쩔 수 없이 나에게 눈빛만 보내고 말았다. 그 눈빛의 의미는 이랬다. *과일이나 채소 있으면 먹어.*

나는 고개를 끄덕이고 엄마 아빠와 포옹을 나누었다.

엄마가 나에게 신신당부했다.

"휴대폰 충전 꼭 하고, 어디에든 가지고 다니고."

"당연하죠. 그런데…… 전화 안 하시면 안 돼요? 좀 창피한데."

엄마가 짧게 웃고는 아줌마를 쳐다보고 말했다.

"집에 사춘기 딸이 또 한 명 생길 줄은 몰랐네요."

엄마가 다시 나를 보고 말했다.

"알았어. 대신에 문자 메시지 보내면 답장해. 전화는 참아 볼게."

"그럴게요."

나는 손을 흔들어 인사하고 맥스를 향해 폴짝폴짝 계단을 내려갔다. 어깨에 무거운 배낭을 멨는데도 하늘로 붕붕 떠오를 것만 같았다.

우리가 차로 다가가자, 델리아 언니보다 겨우 몇 살 위인 듯한 남자가 차에서 뛰어나와 차 트렁크 문을 열었다. 남자가 우리 둘의 가방을 받아 트렁크에 넣고 다시 문을 닫았다.

"고마워요, 닉 형."

맥스가 남자에게 인사한 뒤 나에게 타라는 손짓을 했다.

차에 타 안전벨트를 매면서 프리야와 이 신기한 순간들을 함께하지 못해 아쉬운 마음이 들었다. 맥스가 반대쪽으로 달려가 차에 올라타자, 우리를 태운 차가 출발하기 시작했다. 나는 부모님에게 손을 흔들어 주었다.

편하게 자리를 잡고 앉자, 운전기사 닉이 백미러로 나를 보고 있다는 걸 알았다.

"좀 당황한 것 같네, 애버릴. 대저택과 정원, 운전기사 딸린 차가 낯설지?"

닉의 편한 말투와 평범한 겉모습에 들떴던 마음이 차분해졌다. 닉은 특별한 기사 복장이 아니라 티셔츠에 청바지 차림이었다.

내가 말했다.

"좀 놀란 것뿐이에요. 우리 집 차는 우리 자리하고 운전석 사이를 유리로 막아 놓거든요."

닉도 맥스도 깔깔 웃음을 터뜨렸다. 맥스가 우리 사이에 놓인 검은색 보랭 가방의 지퍼를 열고 오렌지 맛과 라임 맛 탄산수 중에서 하나를 고르라고 했다. 나는 라임 맛을 골랐다. 선택지가 이 둘뿐인 걸 알면 엄마도 흡족해했을 것이다.

맥스가 샌드위치에 붙은 이름표를 읽어 주었다. 나는 베이컨, 상추, 토마토를 넣은 샌드위치를 골랐지만, 치킨샐러드가 들어간 통밀빵샌드위치 포장을 벗기는 맥스를 보고 잠깐만 기다려 달라고 부탁했다. 맥스의 샌드위치 옆으로 당근 조각 두 개를 던져 놓고 빠르게 사진을 찍어 엄마에게 전송했다. **"보세요! 차에서 먹는 건강식."**이라는 문자 메시지도 잊지 않았다.

맥스가 고개를 내저었다.

"어떻게 우리 부모님보다 더할 수가 있냐."

왠지 배신자가 된 것 같아서 이렇게 말했다.

"우리 부모님이 더 심한지는 잘 모르겠어. 우리 엄마는 걱정이 많아. 내가 예정일보다 일찍 태어났거든. 평생 그 일이 잊혀지지 않나 봐."

닉이 말했다.

"부잣집 애들은 달라. 피가 철철 나면 모를까, 우리 부모님은 나한테 관심도 없었는데. 그렇다고 열두 살짜리 운전기사나 하는 나를 부러워할 리는 없지만."

맥스가 나에게 말했다.

"속지 마. 클래리언 대학교 컴퓨터 공학과에 다니는 형이야."

내가 앞으로 몸을 붙이며 물었다.

"정말요? 그럼 라이더 울리백을 만난 적 있어요?"

맥스가 발로 나를 찼지만, 나는 눈을 동그랗게 뜨며 맞섰다.

코딩 캠프 참가자라면 누구나 물을 법한 질문이었다.

닉이 고개를 저었다.

"아니. 한 번도 못 봤어. 듣기론 밤에만 일한대. 들어오든 나가든 얼굴 좀 보려고 아예 진을 치고 기다린 적도 있는데 번번이 실패했어."

알아 두면 좋은 정보라는 의미로 이번엔 내가 맥스를 발로 찼다. 그러고는 가는 내내 샌드위치를 오물거리며 점점 조마조마해지는 마음을 가라앉히려고 노력했다.

사흘간의 가출이라니, 그것만 생각해도 무서워 죽겠는데 프리야한테 내 휴대폰을 맡긴다는 건 곧 내 손에 휴대폰이 없다는 의미라는 걸 그제야 깨닫는 중이었다.

사흘 동안이나.

부모님에게든 언니에게든 프리야에게든 문자 메시지를 보낼 방법이 없다. 마음을 진정시키기 위해 잠깐 게임이라도 할 방법이 없다. 정확한 내 위치와 내가 무엇을 하고 있는지 엄마에게 알릴 루비 구두도 없다.

오롯한 혼자다.

음…… 맥스가 있긴 하지만.

우리를 태운 차가 나뭇잎이 우거진 큰 나무들과 붉은색 벽돌 건물들로 가득한 대학교 캠퍼스로 들어섰다. 어렸을 때부터 수영 강습이나 캠프 참가, 공연 관람 때문에 종종 왔던 학교였다. 천문관과 박물관으로 현장 학습을 오기도 했다. 그러니 친숙한 느낌이 들어야 마땅했다. 그런데 닉이 만남의 장소 쪽으로 차를 몰 때 모든 게 낯설고 새롭게만 보였다. 내가 전에 저 다리를 봤나? 박물관 표지판을 새로 칠했나? 내가 잘 타고 올라갔던 태양 조각상은 어딨지?

창문에서 맥스 쪽으로 눈길을 돌렸다. 안경 너머 맥스의 푸른 눈동자에도 바로 지금 내 속에서 요동치는 두려움과 흥분이 뒤섞인 감정이 고스란히 드러나 있었다. 그걸 보고 나니 왠지 마음이 차분해졌다.

아마도 난 대형 사고를 치게 될 것이다. 하지만 단독 사고는 아니다.

11장

캠프행 버스가 출발하는 만남의 장소는 시계탑 옆 넓은 원형 잔디밭이었다. 닉이 우리를 내려 주고 떠나자 맥스가 배낭에서 싸구려 폴더 폰 하나를 꺼냈다.

내가 물었다.

"그게 뭐야?"

"일회용 휴대폰. 기능이 간단해. 통화와 문자 메시지만 가능해. 편의점에서 팔아."

맥스가 번호 하나를 눌렀다.

"여보세요. 버네사 파커 씨죠?"

맥스가 목소리를 깔고 천천히 말했다. 자기 아빠만큼은 아니어도 닉 나이 정도는 됐을 법한 목소리였다.

"네. 맥스 맥클래런 부모님 대신 전화드리는 건데요. 아드님인 맥스가 오늘 캠프에 가기로 했는데 급성 인두염 때문에 못가게 돼서요. 맥스 어머니가 보낸 메일 받으셨을 텐데요."

"어떻게?" 하고 내가 입 모양으로 물었지만, 맥스가 한 손가락을 들며 기다리라길래 방해가 되지 않게 곧바로 입을 다물었다.

"네, 네. 맞아요."

잠깐의 침묵과 조용한 웃음.

"아, 괜찮습니다. 맥스의 부모님이 환불을 요구하진 않으실 것 같습니다. 감사합니다. 아, 잠깐만요. 깜빡할 뻔했네요. 여학생도 한 명 있는데……. 어…… 잠시만요. 애버릴 프라이? 목록에 있나요?"

다시 침묵.

"아, 있군요. 그 여학생도 못 간다고 하네요. 역시 급성 인두염. 그 여학생 친구가…… 프리야라는 것 같은데…… 진단서를 전해 드릴 거예요. 네. 알겠습니다. 안녕히 계세요."

맥스가 의기양양한 얼굴로 나에게 돌아섰다. 이렇게 간단히 끝나다니 도무지 믿기지가 않았다. 맥스는 그동안 버스를 타지 않고 몰래 빠져나오기 위한 계획을 나에게 자세히 말해 줄 기회가 없었다. 문자 메시지를 보내면 우리 부모님이 볼 것이고, 통화를 너무 많이 하면 엄마가 수상쩍게 생각할 게 뻔했기 때문이다.

내가 물었다.

"잠깐. 너 진짜 프리야한테 줄 진단서가 있는 거야?"

맥스가 가방을 뒤져 분홍색 종이를 꺼냈다.

"여기."

맥스가 내민 종이는 내가 진짜 의사한테서 받을 수 있는 진단서와 완전히 똑같아 보였다. 내 이름(성과 이름), 생년월일(정확히 일치), 체중(거의 비슷)과 급성 인두염(양성)이라는 진단명이 적혀 있고 맨 위에는 휘갈겨 쓴 의사의 서명도 있는데 내가 모르는 이름이었다.

"이건 어떻게 한 거야?"

맥스가 어깨를 으쓱하며 말했다.

"웬만한 컴퓨터와 프린터기만 있으면 어렵지 않지. 가서 프리야한테 그 진단서와 네 휴대폰 주고 올 동안 난 여기 있어야겠지? 참, 프리야한테 인사하고 오기 전에, 클래리언 대학교 로고가 박힌 후드 집업을 껴입고 와. 지퍼 올려서 캠프 티를 가리고 머리는 내리는 게 좋을 것 같다. 떠날 땐 되도록 다른 사람처럼 보이는 게 좋잖아. 최대한 빨리 빠져나오고."

"네 휴대폰은?"

맥스가 살짝 고개를 흔들며 말했다.

"채즈."

내가 어깨 너머를 살피며 물었다.

"너 장난해? 걔가 이 비밀을 얼마나 지켜 줄 것 같아? 길어야 두 시간?"

"걱정하지 마. 채즈는 이게 완전 멋진 계획이라고 생각하니까."

맥스가 팔다리를 흐느적거리는 채즈 특유의 자세를 온몸으로 재현하며 이랬다.

"'인마, 너 완전 세다.'"

난 당황한 와중에도 판박이처럼 남을 흉내 내는 맥스가 신기하기만 했다.

내가 조마조마한 마음으로 물었다.

"채즈한테 내 얘긴 어떻게 했는데?"

"이건 나 칭찬해 줘야 돼. 채즈한테 네 얘긴 안 했어. 채즈는 내가 개인적으로 아빠한테 반항하기 위한 행동이라고 생각하고 있다고."

아이스크림 가게에서의 대화를 떠올리며 내가 되물었다.

"채즈 생각이 틀린 건 아니지 않아?"

"듣고 보니 맞네. 어쨌든 골치 아픈 우리 집안 얘기는 나중에 하고. 잊지 마, 이쪽으로 오기 전에 대학교 후드 집업 껴입는 거."

"알았어."

나도 모르게 쉰 목소리가 나왔다.

맥스가 내 얼굴을 똑바로 쳐다보며 말했다.

"너 정말 괜찮겠어? 안 해도 돼. 넌 버스 타고 가도 돼. 그럼 인두염 검사는 받아야겠지만. 미안."

맥스가 자신 없는 얼굴로 바지 주머니에 손을 찔러 넣었다.

나는 무심코 맥스의 팔에 손을 얹으며 말했다.

"할래. 난 하고 싶어. 우리 가족을 생각하면 지금도 숨이 막혀. 여기서 더 나빠지게 둘 순 없어. 안 되고말고. 설령 실패한다 해도……. 최소한 사흘 동안의 자유는 얻을 수 있잖아."

맥스가 빙긋 웃었다.

"알았어. 10분 후 시계탑 뒤 조각 정원에서 만나."

12장

아이들은 캠프행 버스를 기다리며 시계탑에 모여 있었다. 나는 아이들 무리와 좀 떨어진 자리에 혼자 서 있는 프리야를 발견했다.

나를 본 프리야가 곧장 나를 향해 걸어왔고, 덕분에 캠프에 참가하는 아이들과 훨씬 더 거리가 멀어졌다.

"진짜 도망치겠다니 믿어지지 않아."

"그러게."

어제 오후에 프리야와 같이 있으면서 내가 마음을 바꾼 이유를 말해 주었다. 난 많이 놀랄 줄 알았는데 프리야는 생각보다 무덤덤했다.

"근데 넌 성공할 것 같아? 라이더 울리백이라는 사람이 너희 말을 들어주기나 할까?"

"솔직히? 나도 잘 모르겠어. 그래도 가만히 있으면 아무것도 달라지지 않잖아."

프리야가 눈을 크게 떴다.

"그래도 걸리기라도 하면……."

"알아. 지금 그건 생각하지 말자."

프리야에게 내 휴대폰을 내밀었다.

"어떻게 하는지 알지? 문자 메시지에 빠짐없이 답한다. 생각나면 급식 사진도 찍어서 보낸다. 대신 진짜 먹는 거 말고, 건강식만."

프리야가 고개를 내저었다.

"나 너랑 붙어 다닌 지 5년째야. 내가 알아서 할게."

"배터리가 너무 조금 남아도 안 돼. 이십 퍼센트 밑으로 떨어지면 엄마가 놀라서 전화할지도 몰라."

프리야가 내 손에서 휴대폰을 살짝 잡아당기며 물었다.

"줄 거야, 말 거야?"

휴대폰을 손에서 놓고 싶고, 휴대폰의 끊임없는 감시에서 벗어나고도 싶고, 이걸 빨리 주고 가야겠다 싶으면서도 내 손가락은 여전히 휴대폰을 감싸 쥐고 있었다. 언젠가 엄마 친구분이 했던 말이 생각났다. 그분은 자식이란 내 몸 밖에서 돌아다니는 심장과도 같다고 했다. 이 작고 네모난 쇠붙이를 보내면서 왠지 그와 똑같은 기분이 들어서 좀 민망했다.

그렇지만 결국 난 프리야에게 휴대폰을 넘겼고 진단서도 건넸다.

프리야가 감탄했다.

"진짜 진단서하고 똑같다."

"내 말이."

손이 허전해서 내가 배낭끈을 꽉 잡고 말했다.

"너한테 문자 메시지를 못 보낸다니 기분이 묘하네."

"그러게 말이야. 이번 일 정말 잘 해냈으면 좋겠다."

"나도."

그 말과 함께 난 후드 집업의 지퍼를 올리고 머리끈과 리본을 빼 하나로 묶었던 머리를 풀었다.

나는 마지막으로 프리야와 짧은 포옹을 나누고 그 자리를 떠났다.

13장

달리고 싶은 마음을 꾹 참고 아무렇지도 않은 듯 걸어갔다. 후드를 뒤집어쓰고 싶은 유혹을 느꼈지만, 오늘처럼 화창한 봄날엔 도리어 이상하게 보일 것 같아서 대신 머리를 살짝 기울여 머리카락이 커튼처럼 얼굴 위로 떨어지게 했다. 난 원래 머리카락이 사방으로 휘날리는 게 싫어서 머리를 풀고 다니는 일이 거의 없다.

손이 자꾸만 떨려서 배낭끈을 감아쥔 채, 돌아보면 안 된다고 중얼거리며 조각 정원 쪽으로 움직이는 데에만 집중했다.

일단 정원에 도착하자 다시 머리를 위로 묶으려고 손목에서 머리끈을 뺐다. 머리에 묶었던 하얀색 리본을 찾아 주머니를 더듬어 보았는데 리본이 사라지고 없었다. 다른 주머니를 확인했지만 역시 없었다. 상관없다.

나는 리본이 필요 없다. 리본을 잃어버린 건 그 어떤 징조도 아니다.

정원 안의 모든 길을 다 훑었지만, 맥스는 보이지 않았다. 주변에 사람이라곤 벤치에 앉은 노부부가 전부였다.

심장이 쿵쿵 뛰었다. 긴장한 탓이겠지. 어지럽기도 했다. 체육 수업 시간에 배운 내용을 떠올리며 허리를 수그려 양손으로 무릎을 짚고 심호흡을 했다. 그러자 배낭이 주르륵 미끄러지며 내 머리를 때렸다.

가벼운 웃음소리가 들렸다.

맥스가 내 등에서 배낭을 들어 올리며 말했다.

"아주 순조로운걸! 내 공범자가 저 혼자 까무러칠 뻔하다니 이렇게 기쁠 수가."

나는 똑바로 몸을 일으키고 맥스의 팔을 찰싹 때렸다.

"쉿. 공범자 얘기 하지 마."

혹시 들었나 싶어 어깨 너머로 힐긋 노부부를 살폈다. 노부부가 우리 쪽으로 걸어오고 있었다.

노부인이 다가오며 말했다.

"잠깐만. 너희 지금 저 시계탑 근처의 버스에 타야 하는 거 아니니? 너희 또래 같던데?"

노부인은 걱정스러운 얼굴이었다.

"저는……."

나는 입을 뗐지만, 무어라고 답해야 좋을지 몰랐다. 그렇다고? 아니라고? 솔직히 아무 생각도 나지 않았다.

맥스가 말했다.

"저도 그럼 좋겠네요. 자고 오는 캠프 말씀이세요? 와, 엄청

비싸겠죠?"

맥스의 덥수룩한 머리와 해진 운동화를 보고는 노부인의 얼굴빛이 한결 누그러졌다.

맥스가 한마디를 더했다.

"저희는 당일치기 프로그램만 하고 갈 거예요."

노부인이 빙긋 웃으며 물었다.

"아, 그래? 무슨 프로그램이지?"

맥스가 1초의 망설임도 없이 답했다.

"코딩이요."

우리 둘 사이를 오가던 노부인의 눈길이 하나로 묶은 내 머리와 손톱에 칠한 밝은 분홍색 매니큐어에 가닿았다.

노부인이 의심 어린 목소리로 물었다.

"얘야, 너도 가는 거니?"

나는 거짓말을 하고 있다는 죄책감 대신 불쑥 짜증이 치밀어 "네." 하고 단호하게 답했다. 우리가 실제로 코딩 수업 때문에 여기에 있는 거라면 맥스는 안경을 낀 남학생이고 나는 매니큐어를 칠한 여학생이라 해도 내가 코딩 실력으로 맥스를 납작하게 눌러 주었을 테니 말이다.

나의 사나운 반응에 맥스의 눈이 휘둥그레진 걸 보니, 지금은 여학생들의 코딩 실력을 주제로 한바탕 연설을 할 때는 아니라는 걸 깨달았다. 맥스가 내 어깨를 슬쩍 밀었다.

"그만 가자. 쌍둥이들 때문에 엄마 힘드시겠다."

내가 천천히 말했다.

"아 맞다……. 쌍둥이들. 손이 워낙 많이 가는 애들이라!"

"잠깐만."

노부인이 팔꿈치로 남편을 쿡 찌르며 우리를 불렀다. 그러자 할아버지가 지갑을 꺼내 맥스에게 10달러짜리 지폐 한 장을 건넸다.

"집에 가기 전에 아이스크림이나 사 먹으라고. 일일 캠프라도 배우는 건 많을 게다."

내가 물었다.

"아이스크림이요?"

노부인이 정원 밖으로 이어지는 길을 가리키며 말했다.

"저 길로 가면 아이스크림 가게가 나온단다. 가 볼 만하더구나."

노부부는 그렇게 떠났고 맥스가 나에게 지폐를 건넸다.

"자, 우리가 번 돈."

내가 지폐를 받자 맥스는 내 배낭을 들고 노부인이 가리킨 쪽으로 걷기 시작했다. 내가 맥스를 따라 정원을 나서는데 우리가 타기로 했던 버스가 도로변에서 움직이기 시작했다.

내가 뒤에서 맥스를 불렀다.

"잠깐. 이제 우리 뭐 해?"

맥스가 뒤를 돌아보며 씩 웃었다.

"아무거나 하고 싶은 거."

14장

아침부터 지금까지 난 거짓말도 하고, 가출도 하고, 노부부를 속여 아이스크림 살 돈까지 받아 냈지만, 그중에서도 가장 큰 죄는 오레오 쿠키로 범벅이 된, 이 큼직한 민트초코칩아이스크림 컵일지도 모르겠다.

엄마는 어쩌다 디저트 하나 정도는 용납해도 한 번에 두 개는 그 어떤 핑계로도 허락하지 않았다. 아이스크림이냐, 쿠키냐, 선택은 필수다. 그런데 성공적인 탈출과 뜻밖의 횡재로 얼굴이 환해진 맥스가 한 가지 맛으로 축하하기엔 성이 차지 않는다고 주장했고, 결국 나도 그 주장을 받아들이게 됐다.

햇볕이 잘 드는 야외 자리를 찾아낸 우리는 봄날의 따뜻한 주말을 맞아 이곳에 온 대학생들과 자연스럽게 어울렸다. 봄방학이 시작된 지 한 달 가까이 지난 클래리언 대학교 캠퍼스는 사람들로 북적였다.

나는 여전히 마음을 가라앉히려고 노력 중이었지만 맥스는 녹기 전에 거대한 아이스크림선디를 먹어 치우는 게 더 걱정인 것 같았다. 맥스가 손가락으로 안경을 밀어 올리며 싱긋 웃었다. 그러느라 숟가락이 뺨을 스치면서 얼굴에 초콜릿이

묻었다.

　말해 줄까 말까 고민하다 모른 척하기로 했다. 초콜릿을 묻히고 있으니 왠지 더 편하게 느껴졌다. 게다가 조각 정원에서 당황한 나를 깔깔거리며 놀렸던 맥스를 아직 완전히 용서하지 않았다.

　"아이스크림 먹고 울리백 연구실에 가 볼까? 울리백은 우리 생각과는 다른 시간에 일할 것 같아. 그러니까 오늘이 일요일이긴 해도 확인해 보는 게 좋겠어."

　계획이 있으면 기분이 나아질 것 같았다.

　맥스가 말했다.

　"좋은 생각이야. 그런 다음엔 도서관? 도서관에서 자는 게 좋을 것 같아. 도서관은 밤에도 여니까."

　나는 아이스크림과 쿠키 조각을 동시에 깨물었다. 사람들이 두 가지 디저트를 한 번에 즐기는 까닭을 알 것 같았다.

　"그래도 조심해야 돼. 한밤중에 애들 둘이서 도서관을 돌아다니는 걸 누가 보면 깜짝 놀랄 거야."

　"그러니까 일찌감치 가 있어야지. 그럼 숨을 데를 찾을 수 있을 거야."

　"괜찮은 계획이야. 먹는 건 어떻게 할지도 얘기해 보자."

　"지금까지는 제법 잘하고 있잖아."

맥스가 아이스크림 위의 브라우니 한 조각을 내밀었다.

"먹을래?"

내가 깔깔 웃었다.

"아니. 난 진짜 먹을거리를 말하는 거야. 문제는 내가 수중에 10달러밖에 없다는 거야. 이것저것 물을까 봐 용돈을 더 달라는 말을 못 하겠더라고."

방금 보너스로 획득한 돈에 내 돈 2달러를 보태, 우리의 거대한 아이스크림을 사는 데 써 버린 뒤였다.

맥스가 말했다.

"걱정 마. 나한테 50달러 있어."

"50달러?"

나는 빠르게 암산을 해 보았다. 오늘 저녁 한 끼, 월요일 세 끼, 화요일 세 끼. 수요일 최소한 아침 한 끼. 그것도 한 명이 아닌 둘.

"한 끼에 4달러도 못 쓰네."

맥스가 눈을 깜빡였다.

"너 정말 수학 박사구나."

"맥스! 지금 그게 중요해? 이 아이스크림 하나에 한 끼 식사 값보다 비싼 돈을 썼어. 영양가도 없는데."

"흥분하지 마, 코딩 소녀! 이제 네 음식 사진 달라는 사람도 없잖아. 그리고 아이스크림도 유제품이야. 그렇게 못 먹을 음식이 아니라고."

내가 입을 열었다가 다시 다물었다. 맥스는 상황 파악이 안되는 것 같았다.

"걱정하지 마. 돈 떨어지면 내가 방법을 생각해 낼게."

맥스가 탁자 위로 몸을 붙이며 말을 이었다.

"아빠한테 돈 더 달라는 말을 하기가 싫었어. 우리 아빠 하는 말 들었지. 입만 열면 내가 가만히 앉아서 돈을 받는다잖아. 내가 아빠를 이겨도 그게 다 아빠한테서 받은 돈 덕분이란 소리 듣기 싫어."

내가 얼굴을 찌푸리며 되물었다.

"아빠를 이겨? 그게 무슨 소리야?"

"우리 아빠는 체스 게임에서 졌고 그래서 울리백을 만나러 들어가지 못했으니까."

맥스의 입꼬리가 보일 듯 말 듯 올라갔다.

"아빠는 절대 그 방법을 못 찾아도 난 할 수 있다는 걸 증명하고 싶어."

"겨우 그거 때문에 이런 일을 벌인다고? 루비 구두는 상관도 없고?"

"상관이 왜 없어. 아닌 거 너도 알잖아. 지금 우리가 보낸 이 몇 분은……. 내가 정확히 어디서 뭘 하고 있는지 우리 엄마 아빠가 모르는 건 이번이 처음이야. 넌 내가 이걸로 만족할 것 같아?"

나는 고개를 끄덕였다. 맥스가 지금 여기에 있는 이유가 고작 한 가지뿐일까. 나 역시 그랬다. 맥스의 엉뚱한 계획에 동참한 건 단순히 업데이트를 멈추기 위해서만은 아니었다.

내가 말했다.

"알았어. 이제 올리백 연구실 찾으러 가자."

맥스도 나도 없는 휴대폰을 찾아 손을 뻗었고 이내 서로를 보며 민망한 웃음을 지었다.

맥스가 고개를 내저으며 말했다.

"익숙해지려면 시간이 좀 걸릴 거야."

15장

　우리는 지도에서 캠퍼스 한가운데를 가르며 흐르는 강 건너편에 위치한 컴퓨터 공학관을 찾아냈다. 그쪽은 사람이 훨씬 많았다. 대학생들이 잔디밭에 자리를 깔고 앉아, 책을 읽거나 소풍을 즐겼다. 원반을 던지며 노는 사람들도 보였고 떼를 지어 강물 속을 철벅이며 걷는 여대생들도 눈에 띄었다.

　우리는 나무다리 가운데에 서서 아래로 콸콸 흘러 내려가는 강물을 구경했다. 봄날의 새잎이 돋아난 나뭇가지들이 강 위로 아치를 이루며 햇살을 은은하게 만들어 주어서인지 동화 속을 거니는 기분마저 들었다.

　맥스가 강물 쪽 여대생들을 손짓하며 말했다.

　"저기 저 학생들 중에 지금도 루비 구두 앱으로 감시당하는 사람은 몇 명이나 될까?"

　"글쎄. 많지는 않겠지. 희망 사항이지만."

　대답하면서 조금 짜증이 났다. 맥스의 그 말이 기분 좋은 공상을 와장창 깨뜨렸을 뿐만 아니라 엄마의 끊임없는 감시에서 벗어나는 게 대학에 가는 것만큼 간단한 일이 아니라는 걸 다시금 일깨워 주었기 때문이다.

맥스가 말했다.

"많을 수도 있고."

내가 맥스에게로 돌아서며 말했다.

"넌 그만 좀 하시라고 부모님한테 말해야겠다는 생각을 해 보긴 했어?"

맥스가 자기 머리를 탁 때렸다.

"아, 내가 왜 그 생각을 못 했지? 빨리 집으로 가자. 가서 부모님한테 여쭤봐야겠다."

나는 맥스가 따라오든 말든 다리 밖으로 성큼성큼 걸었다. 그런 말투는 질색이다. 물어보는 걸 두려워한다는 게 말이 되느냐고 비아냥대는 듯한 그 말투.

맥스가 사과했다.

"미안. 근데 진짜 넌 내가 다짜고짜 가출부터 한 것 같아? 애초에 대화는 시도해 보지도 않고?"

내가 조약돌 하나를 발로 툭 찼다. 풀밭 위를 구르는 조약돌을 지켜보며 또다시 커다란 고무줄이 가슴을 옥죄는 느낌이 드는 까닭을 생각해 보았다.

"아. 넌 가출부터 한 거구나. 왜?"

맥스가 우뚝 걸음을 멈추었다.

"잠깐, 애버릴. 너희 부모님…… 많이 무서워? 그렇다면 난

절대 너한테 이런 부탁 같은 건 안 했을…….'

"아니야, 그만해. 그런 거 아니야."

내가 몇 블록 떨어진 빨간 벽돌 건물을 손으로 가리키며 물었다.

"우리 가는 데가 저기지?"

맥스가 고개를 끄덕였다.

"근데 잠깐만. 넌 한 번도 대든 적이 없어? 먹는 거 간섭하는 거 싫다는 소리조차 안 해 봤단 말이야? 왜?"

"가자. 걸으면서도 말할 수 있어."

나는 우리가 오가는 학생들이나 가족들의 관심을 끌지 않아서 다행이라고 생각하며 공학관 쪽으로 걸음을 재촉했다.

맥스가 다시 물었다.

"말해 봐…….'

"말할게. 우리 델리아 언니는 대들고 싸워. 많이. 그래 봤자 다들 속만 뒤집어지고 끝이야. 아빠는 소리 지르고 엄마는 입 꾹 다물고. 아무것도 바뀌는 건 없어. 오히려 없던 규칙만 더 생기지."

"예를 들면 뭐?"

"음, 작년에 엄마가 부잣집 애들한테도 비타민 결핍증이 생긴다는 글을 읽은 거야. 그때부터 엄마가 언니하고 나한테 과

96

일과 채소를 얼마나 먹는지 자꾸 물으니까 언니가 열받아서 그만하라고 했거든. 엄마는 그만할 생각이 없었고. 그랬더니 언니가 투쟁을 시작했어. 단식 투쟁은 아니야. 먹긴 먹었으니까. 스무디 시위?"

내 말을 잘 이해하고 있는지 보려고 맥스를 쳐다보았다.

놀라서 일그러진 맥스의 입술을 보자 나도 모르게 웃음이 나왔다.

"미안……. 스무디 시위?"

"응. 말하자면 이런 거지. '과일과 채소 섭취를 원하신다니 제가 먹어 드려야죠.' 믹서 돌아가는 소리 때문에 미쳐 버리는 줄 알았다니까. 그랬더니 엄마 아빠가 언니를 영양 상담사한테 보냈어."

그 말에 맥스가 머릿속에 반짝 불이 켜진 사람처럼 고개를 끄덕였다.

"아줌마가 너 밥 먹는 사진을 찍으라고 귀찮게 하기 시작한 게 그때부터였구나."

"맞아. 그래서 난 조용히 살려고. 소리 지르는 건 정말 질색이야."

"소리 지르는 거 좋아하는 사람은 없지."

내가 걸음을 멈추고 맥스를 올려다보았다,

"우리 언니는 좋아하는 것 같기도 해."

맥스가 말했다.

"사실 너희 언니가 이해되는 면도 있어. 난 가끔 우리 부모님이 화가 났을 때에만 나를 보는 것 같거든. 평소 나는 가상의 자식이나 다름없어. 그리고 이건 진심으로 하는 말인데, 날 내버려두기만 한다면 난 그렇게 살아도 괜찮아. 근데 엄마 아빠는 어떤 줄 알아? 마치 '우린 널 눈곱만큼도 상대하고 싶지 않아. 하지만 네 모든 행동을 통제하고 싶어. 우리가 꿈꾸는 완벽한 자식이 되도록 만들려면.' 하고 말하는 것처럼 행동해. 나를 화나게 하는 부분이 바로 그거라고."

신호등이 바뀌자, 우리는 길을 건너 공학관으로 이어지는 거대한 계단을 올라갔다. 공학관은 붉은 벽돌 성 같았다. 내가 상상했던 컴퓨터 공학관과는 딴판이었다. 대형 유리창도, 철제 기둥도, 비스듬한 벽도 없었다. 진짜 성처럼 생겨서 계단이 아니라, 성으로 향하는 좁다란 다리라도 건너야 할 것 같았다.

내가 맥스를 보고 말했다.

"어른들은 어렸을 때를 싹 잊어버리나? 그래서 추적 앱을 만들고 꼬치꼬치 캐묻고 완벽한 자식이 되길 원하나?"

"아니. 반대로 너무 잘 기억해서 그러는 거 아닐까."

16장

컴퓨터 공학관으로 들어온 우리는 접이식 철문이 내려진 커피숍 하나와 텅 빈 강의실 몇 개를 지났다. 복도 끝에 소파와 탁자로 채워진 대형 학생 휴게실이 있었다. 사무실이나 연구실은 보이지 않았다.

건물 2층은 밝은 흰색 복도 양편으로 문이 연달아 이어져 있었다. 문은 모두 잠겨 있었고 희미하게 레몬 향 세제 비슷한 냄새가 났다. 문 앞을 지나치며 걷던 중, 맥스가 **"시간 여행을 위한 해법"**이라고 쓰인 밝은 주황색 팻말이 붙은 연구실 앞에서 걸음을 멈췄다.

맥스가 눈썹을 씰룩이며 말했다.

"올리백은 됐고 우리 여기에나 들어가 보자."

내 웃음소리가 텅 빈 복도에 메아리쳤다.

"새로운 컴퓨터 백업 시스템 같은 거겠지. 실수를 바로잡으려면 시간을 거슬러 올라가라."

"실망인데."

맥스는 다시 걷기 시작했다.

침묵 속에서 우리는 문에 코끼리 만화가 그려진 "메모리웍스"와 소용돌이치는 은하계 로고가 그려진 "테크유버스", 그리고 앞의 둘과 다르게 간단명료한 "암호화 컴퓨팅" 연구실 앞을 지났다.

"램 펑크* 연구실(Ram Funk Lab)" 앞에 이르자 맥스가 웃음을 터뜨렸다.

"이 사람들은 숫양 냄새를 연구하나?"

내가 눈을 치떴다.

"여기서 램은 숫양이 아니라 임의 접근 기억 장치(Random-access memory)의 약자야. 넌 기술 수업 아예 안 들어?"

"거의 안 들어."

맥스가 내 어깨를 툭 치며 말했다.

"내 앞자리에 앉은 여자애한테 말을 걸 용기를 짜내려고 애쓰느라."

내가 깜짝 놀라서 맥스 쪽으로 돌아섰다. 맥스 맥클래런이 내게 말을 못 걸어서 초조해했다고?

맥스가 말했다.

"수업 중에 너 얼마나 무서운데. 전에 소피아가 너한테 뭐 물어봤는데 성질냈잖아. 친구 사인데도."

"나 성질 안 냈어."

---

* 램(Ram)은 우리말로 '숫양', 펑크(Funk)는 '악취'라는 뜻이 있다.

자기가 바보인 줄 아느냐는 맥스의 표정에 나도 모르게 웃음이 나왔다. 생각해 보니 그랬을 수도 있을 것 같다. 난 초집중 상태에서는 방해받는 걸 싫어하니까.

나는 맥스에게 3층으로 가 보자고 했다. 3층엔 강의실 몇 개가 더 있었고 교수 이름이 적힌 방도 몇 개 보였지만 '올리백'이라는 이름은 없었다. 2층을 더 살펴보는 게 최선인 것 같았다. 우리는 아래층으로 내려와 아까보다 천천히 복도를 걸으면서 모든 문을 꼼꼼하게 확인했다.

마침내 우리는 복도 끝 탑 쪽으로 난 유리창 아래 둥그런 벤치에 자리를 잡고 앉았다. 나는 배낭을 벗고, 앞주머니에서 공책을 꺼냈다. 혹시 놓친 게 있을까 봐 지나치며 본 문들을 공책에 그리기 시작하는 사이, 맥스는 게시판을 읽으러 갔다.

스케치가 끝나자 연필을 내려놓고 맥스 쪽으로 몸을 돌리며 물었다.

"너 올리백 어떻게 생겼는지 알아?"

"난 웹사이트에 실린 삽화밖에 못 봤어. 삽화가 정확하다면 안경 쓴 백인 할아버지야. 범위가 크게 좁혀지진 않겠지만."

맥스가 어깨를 으쓱하고 덧붙였다.

"오늘날 온라인상에서 자신을 숨긴다는 건 불가능한 얘기 같지만, 그 사람은 보통이 아니야."

내가 웃었다.

"루비 구두 개발자가 자기 사생활은 그렇게 걱정하다니, 우습지 않아?"

맥스가 빙긋 웃으며 맞장구를 쳤다.

"재밌네."

갑자기 맥스의 얼굴이 심각해졌다.

"난 울리백 연구실 문엔 이름 아니면 빨간 구두라도 그려져 있을 줄 알았어. 아빠가 그러시는데 울리백은 수수께끼와 단서 같은 걸 좋아한대. 아빠한테 연구실에 대해 자세히 말해 달라고 할걸……. 근데 너도 알잖아."

말하지 않아도 안다. 아저씨 도움 없이 제힘으로 해내고 싶다는 걸.

"이해해. 그런데 수수께끼를 좋아한다니 그것도 하나의 단서가 될 수 있어. 코끼리는 어떨까?"

내가 공책에 그린 코끼리를 가리키며 말했다.

"메모리웍스? 매머드의 일종인 울리 매머드하고 느낌이 좀 비슷한데. 울리백하고도 어감이 비슷하고."

맥스가 일어섰다.

"확인해 봐서 나쁠 건 없지."

우리는 메모리웍스로 돌아가 전자 키패드를 눌렀다. 비밀

번호를 누르라는 지시가 나오자 맥스는 말했다.

"안타깝다. 오늘은 마법사를 못 볼 것 같네."

마법사라는 말에 몇 가지 단어와 이미지가 내 머릿속을 휙휙 스쳐 지나갔다. 루비 구두. 에메랄드시. 노란 벽돌 길.《오즈의 마법사》.

"잠깐만!"

내가 복도를 내달려 램 펑크 연구실 앞에 섰다.

"나 울리백 어딨는지 알겠어."

뒤에서 오던 맥스가 나와 충돌했다.

"냄새 풍기는 사람들?"

맥스가 손을 뻗어 휘청이는 나를 잡으며 물었다.

"울리백에 대해 너만 아는 게 있는 거야?"

내가 손가락으로 연구실 이름을 따라 썼다.

"마법사를 못 볼 것 같다는 네 말을 듣고 감이 왔지. 램 펑크 연구실."

맥스가 나를 쳐다보았고 팻말로 눈길을 옮겼다가 다시 나를 보았다.

"난 도통 무슨 소린지 모르겠는데."

"램 펑크 연구실(Ram Funk Lab)은 애너그램이야. 글자 순서를 바꿔서 만든 말이라고."

103

맥스가 다시 문을 찬찬히 살폈고 이번엔 눈이 커졌다.

"프랭크 바움, 《오즈의 마법사》를 쓴 사람?"

"L. 프랭크 바움(L. Frank Baum). 기억이 나. 왜냐하면 짐을 쌀 때 책을 한 권 가져가야겠다 싶었는데 《오즈의 마법사》가 작고…… 어울리는 것 같았다고 해야 하나?"

맥스의 얼굴 가득 미소가 번졌다.

"코딩 소녀. 넌 천재야. 이건 절대 우연이 아니야."

나는 맥스와 함께 우묵한 문으로 다가섰다. 내가 벽에 박힌 태블릿처럼 생긴 화면에 손을 가져다 댔다. 화면 위로 초록 양 한 마리가 나타나 노란 벽돌 길을 쪼르르 내려가더니 '램펑크 연구실'이라는 이름이 반짝 나타났다 사라졌다.

뒤이어 또렷한 검은색 글자로 이런 질문이 나타났다.

라이더 울리백과 이야기하시겠습니까?

"네." 하고 맥스가 답했지만, 곧바로 화면에 **네, 아니오** 버튼이 나타나자 민망한 얼굴이 됐다.

내가 **네**를 눌렀다.

화면에서 다시 물었다.

울리백은 허비할 시간이 없습니다. 주어진 질문에 정확하게 답하면 만남을 고려할 것이나, 오답인 경우 재방문은 허락되지 않습니다. 조건에 동의하십니까?

내가 맥스를 쳐다보자 맥스가 말했다.

"우리한테 선택의 여지가 있어?"

내가 다시 네를 눌렀다. 그러자 화면이 이렇게 바뀌었다.

두 사람 모두 동의해야 합니다.

맥스가 속삭였다.

"아니……. 누가 보고 있나?"

"바닥에 센서가 있는 거 아닐까?"

"아니면 스캐너 같은 거라도 있나?"

맥스가 두리번거리더니, 천장 구석에 설치된 카메라를 손으로 가리켰다. 그러고는 네를 눌렀다.

화면에 다시 낱말이 주르륵 나열되기 시작했다. **시간제한은 없습니다. 1분, 한 시간, 하루, 1년도 가능합니다. 그러나 오답인 경우 재방문은 허락되지 않습니다. 울리백은 기계를 통한 대화를 선호합니다.**

맥스가 놀라서 말했다.

"으악."

"빨리 가서 내 공책 가져올까? 질문을 받아 적어야 할지도 모르잖아."

"무모한 짓이야. 그러다 질문까지 놓치면 어쩌려고."

준비됐습니까?

화면이 물었다. 화면 뒤에서 누가 우리를 비웃고 있는 것 같았다.

울리백은 역사상 인류가 하이픈 실수로 치르게 된 가장 큰 대가가 얼마인지를 알고 싶어 하십니다.

맥스가 물었다.

"대체 무슨 뚱딴지같은 소리야?"

나는 소리 내어 다시 질문을 읽기 시작했지만 다 읽기도 전에 화면이 까맣게 바뀌어 버렸다.

17장

나는 방금 라이더 울리백의 질문이 떴던 화면에서 뒤로 물러났다.

맥스가 물었다.

"뭐 해?"

"잘못해서 뭘 만졌다가 내가 대답한 걸로 오해할까 봐."

맥스가 뒷걸음질을 쳐 내 옆으로 다가오며 말했다.

"좋은 지적이야."

우리는 말없이 복도 벤치로 향했다. 나는 벤치에 앉아 공책에 질문을 적었다. 그런 다음 배낭을 메고 맥스와 함께 아래층으로 내려갔다.

밖으로 나오자 맥스가 고갯짓으로 강을 가리켰다. 나는 고개를 끄덕이고 맥스를 따라갔다. 이젠 말을 해도 괜찮을 것같긴 했지만, 난 지금의 오묘한 느낌을 조금이나마 더 마음속에 간직하고 싶었다.

물가로 이어지는 넓고 낮은 계단에 자리를 잡고 나자, 우리는 서로를 바라보았다.

내가 물었다.

"역사상 인류가 하이픈 실수로 치르게 된 가장 큰 대가가 뭘까?"

나는 한 움큼 집은 조약돌을 강에 던지기 시작했다.

"휴대폰이 있으면 좋겠다."

맥스가 몸을 뒤로 젖히며 배낭에 머리를 기댔다.

"그러게. 모든 기술에서 벗어나 자유를 얻는 일에 너무 집중한 나머지, 내가 뭘 포기하는 건지에 대해선 깊이 생각하지 못했던 것 같아."

휴대폰을 떠올리자, 캠프행 버스가 떠난 뒤부터 마음 한구석을 맴돌던 한 가지 걱정이 불쑥 고개를 내밀었다.

"우리가 캠프에 없다는 걸 알면 우리를 찾아내는 데 얼마나 걸릴까?"

몇 시간을 즐겁게 보내면서도 나의 뇌는 한옆에서 줄곧 불안 프로그램을 가동하고 있었다. 울리백의 연구실에 다녀온 뒤부터 머릿속에 똬리를 틀고 있던 그 불안감은 배 속으로 자리를 옮겼다. 이 수수께끼도 해결하지 못하고 잡혀가긴 정말 싫었다. 이걸 풀기 전엔 안 된다. 생각할 시간만 충분하면 풀수 있을 것 같다. 어디에선가 본 말인데……. 하이픈 실수.

"채즈나 프리야가 얼마나 빨리 무너지느냐에 달려 있겠지. 일단 클래리언 대학교 안으로 범위가 좁혀지면 우릴 찾는 건 시간문제야."

맥스가 턱으로 우리 옆 가로등 쪽을 가리켰다.

"사방이 카메라니까."

난 아무 생각도 없었는데 맥스는 모든 것을 보고 있었다. 시시 티브이 카메라를 보니 째깍째깍 시간이 가고 있다는 게 실감 났다. 사흘은 라이더 울리백의 마음을 돌리기에 짧은 시간일지 모른다. 그러나 운이 좋으면 사흘이 안 돼서 끝낼 수도 있다.

내가 물었다.

"몇 시야?"

맥스가 일회용 휴대폰을 보고 답했다.

"다섯 시쯤."

"도서관에 가 볼래?"

하이폰이 온통 머릿속을 감돌고 있어서 다른 생각은 아예할 수 없는 데다가 도서관에 가면 컴퓨터 사용도 가능했다.

"거기서 단서를 찾을 수 있고, 오늘 밤에 숨어 있을 만한 곳을 찾을 수도 있잖아. 답을 찾기 전에 다시 그 연구실에 가는건 위험한 것 같아."

"인정. 그런데……."

맥스가 하기 곤란한 말이라도 있는 사람처럼 입술을 깨물었다.

"그런데 뭐?"

맥스가 눈을 크게 뜨고 불쌍한 얼굴로 말했다.

"나 배고파."

진심 충격이었다.

"방금 아이스크림을 그렇게 먹어 놓고."

"그건 두 시간 전이고. 도서관에 가서 단서 찾고 나서 밥 먹으려면 앞으로 두 시간은 더 걸릴 텐데, 그럼 나 배고파 죽어."

맥스가 짙은 속눈썹을 빠르게 깜빡였다.

"알았어. 학교 밖으로 나가자."

"구내식당 가지, 왜 나가? 가끔 연극 보러 올 때 가 보면 괜찮던데."

우리 식구들도 언니의 댄스 공연을 보러 오거나 하면 구내식당을 찾곤 했다. 아이스크림을 잔뜩 먹고 두 시간도 안 돼 배가 고픈 사람한테 햄버거 무한 제공에 스파게티가 산더미처럼 쌓여 있는 데다 디저트 뷔페까지 제공되는 구내식당이 끌리는 건 당연하겠지만, 난 구내식당의 밥값도 잘 기억하고 있었다. 거기 가면 식비의 3분의 1이 단숨에 사라질 터였다. 돈을 그런 식으로 쓰다가는 수요일까지 절대 버틸 수가 없다.

그런데 맥스는 한껏 기대에 찬 얼굴이었다. 직접 확인하도록 하는 수밖에.

내가 일어서며 말했다.

"가자. 백만장자를 위한 예산 관리법을 강의할 시간인 것 같네."

18장

"10달러? 무슨 구내식당이 10달러씩이나 받아? 그것도 학생들한테?"

우리는 학교 옆 분주한 시내 중심가 인도에 서 있었다. 맥스의 배에서 꼬르륵 소리가 들렸다.

분통을 터뜨리는 맥스를 향해 내가 답했다.

"왜냐하면 뷔페식이니까. 양껏 먹을 수도 있고. 게다가 식당 입장에서는 요리하고 설거지하는 직원 월급 줘야지, 운영비 들어가지. 그 정도면 싼 거야, 진짜."

구내식당에서 가격을 확인한 뒤 처음으로 맥스가 미소를 지었다.

"내가 식비로 50달러 이상 가져왔어야 하는구나."

"그렇다니까. 그래도 버틸 수 있을 거야. 아껴 쓰면."

맥스가 한숨을 쉬며 말했다.

"울리백을 만나러 들어가려면 도움이 필요한 건 알았지만 기본적인 생활 능력까지 필요한 줄은 미처 몰랐네."

나는 맥스를 힐긋 쳐다보고는 모퉁이 쪽으로 걷기 시작했다. 엄마 아빠도 클래리언 대학교 출신이다. 두 분이 단골로 다녔다는 조금 허름한 피자집이 이쪽 어디엔가 있었던 것 같다. 1년에 두어 번 언니와 나까지 끌고 갔던 곳이다.

그 피자집을 발견하자, 내가 창문에 붙은 "**1달러짜리 조각 피자 팝니다.**"라는 문구를 가리켰다.

맥스가 지갑에서 10달러짜리 지폐 한 장을 꺼냈다.

"짠! 한 사람당 4달러?"

"4달러면 될 것 같아?"

"문제없지."

그런데 생각처럼 간단치 않은 일이었다. 맥스는 페퍼로니 토핑을 추가하면 1달러가 추가된다는 사실과, 페퍼로니 추가와 탄산음료 중 하나를 골라야 한다는 현실은 비극이라며 한참이나 호들갑을 떨었다. 참다못한 내가 맥스에게 자리를 잡으라고 하고는 맥스의 손에서 돈을 가져다 직접 주문대로 향했다.

나는 작은 플라스틱 컵에 담긴 당근 조각과 셀러리를 2달러에 판매하는 걸 확인하고 마음이 놓였다. 사흘이나 샤워를 못 한다는 생각만 해도 벌써부터 몸이 근질거리는데, 그 사흘 내내 과일과 채소까지 못 먹는다는 건 생각도 하기 싫었다. 그러고 보면 난 어쩔 수 없는 엄마 딸인가 보다.

맥스는 페퍼로니피자 두 조각에 행복해 보였지만, 내가 자기 앞에 갖다 놓은 맹물은 영 마음에 안 드는 눈치였다. 나는 말없이 일회용 레몬즙 두 개와 작은 설탕 한 봉지를 건넸다.

맥스가 그 셋을 물에 쏟아붓고는 빨대로 휘휘 저어 한 모금을 홀짝였다. 그러더니 자리에서 일어나 설탕 세 봉지를 더 가져왔다. 나는 아무 말도 하지 않고 고개만 내저었다.

맥스가 다시 한 모금을 마셨다.

"나쁘지 않네."

맥스가 레이저라도 쏠 듯한 초집중 상태로 첫 번째 피자를 먹어 치우더니 두 번째 조각을 집기 전에 나를 보고 물었다.

"너 스톤브리지 살지?"

무슨 의미로 하는 말인지 의아해하며 내가 되물었다.

"근데?"

"거기 꽤 잘사는 동네잖아."

나는 고개를 까닥거리며 맥스가 뭘 물으려는 걸까 하고 생각했다.

맥스가 탁자를 손짓하며 말했다.

"레모네이드를 잘 만들길래."

"맥스, 가판대에서 레모네이드를 만드는 건 반드시 먹고살 돈이 없어서가 아니야. 우리 동네 애들은 용돈을 더 벌려고 레모네이드를 만들어서 팔아."

자주 보던 밝은 웃음은 어느새 맥스의 얼굴에서 사라지고 없었다.

"넌 우리 아빠 말이 맞는 것 같아?"

"넌 뭐든지 쉽게 얻는다는 말?"

"응."

"아니. 어려운 게 더 이상한 거 아니야? 넌 없는 게 없잖아. 인기 많지. 똑똑하지. 잘생겼지."

맥스가 바람이 채워지는 풍선처럼 꼿꼿하게 앉았다.

내가 말을 이었다.

"그런데 중요한 건 네가 그동안 무엇을 받았느냐가 아닌 것 같아. 그건 네 의지와 상관없는 거잖아. 중요한 건 네가 받은 걸 어떻게 쓰느냐지."

아빠가 나한테 입버릇처럼 하는 말이었다. 어머나, 내가 점점 아빠를 닮아 가다니.

맥스는 잠시 먹기만 했다. 그러다 피자를 내려놓고 말했다.

"만에 하나 우리가 라이더 울리백을 보게 되면 말이야."

맥스가 도리질을 치며 말을 고쳤다.

"아니, 우린 라이더 울리백을 만날 거야. 그럼 그때엔 루비 구두가 더 강력해지는 건 분명한 잘못이라고 우리가 울리백을 설득해야 돼. 루비 구두가 지금보다 강력해지면 많은 사람

115

이 상처를 받을 수 있어. 내가 운이 좋아서 여기까지 왔는지는 모르겠지만, 난 그 운을 루비 구두의 업데이트를 막는 일에 쓰고 싶어."

"알았어."

내가 맥스의 접시에 당근과 셀러리를 올리며 말했다.

"채소 좀 먹어."

맥스가 당근 하나를 집어 들며 말했다.

"막무가내라니까."

"무슨 소리야. 난 이래라저래라 안 해. 적당히 맞춰 주고."

맥스가 눈썹을 이마까지 치켜올렸다.

"네가?"

"그렇다니까."

맥스는 여전히 나에게서 눈을 떼지 않은 채 당근을 한 입 깨물었다.

내가 덧붙여 말했다.

"너하고 있을 때만 빼고."

생각해 보면 재밌는 게 난 맥스 맥클래런을 약 올리는 게 하나도 무섭지 않았다. 나는 냉정한 엄마와 소리 지르는 아빠, 문을 쾅쾅거리는 델리아 언니가 너무 무서웠고, 심지어 프리야의 침묵마저도 무서워서 말싸움을 벌이거나 결정을 비난하

거나 심지어 눈을 치뜨는 것마저 마음 편히 할 수 없었다. 그
런 내가 맥스한테는 온종일 이러고 있다니.

모든 일이 마무리되면, 세상 그 누구보다 나를 사랑해 줘야
마땅한 사람들과 함께 있을 때보다 만난 지 얼마 되지도 않은
이 남자애와 같이 있는 지금이 마음 편한 까닭을 한번 생각해
봐야 할 것 같다.

19장

캠퍼스로 돌아온 우리는 회전문을 통해 클래리언 도서관으로 들어갔다.

맥스가 로비에서 물었다.

"은신처 아니면 단서?"

"단서 먼저 찾는 게 낫겠지?"

연구실 앞에서 떠나 온 뒤부터 모든 생각이 도돌이표처럼 하이픈으로 되돌아왔다. 빨리 시원스럽게 긁어 줘야 할 가려운 부분처럼.

인터넷으로 10분이면 답을 찾을 수 있을 것 같았다. 대출대 건너편 검색대 쪽으로 빠르게 세 걸음을 옮기는데 맥스가 내 팔목을 잡더니 뒤로 잡아끌었다.

맥스가 살짝 무릎을 굽히며 내 귀에 대고 속삭였다.

"어른들에게 신경 쓰이는 존재가 되면 곤란해. 낮에는 애들끼리 돌아다녀도 그렇게 이상한 일이 아니지만, 저녁에 애들끼리만 대학교 도서관을 돌아다닌다? 괜히 의아하게 생각할 빌미를 주기는 싫어."

내가 맥스 쪽으로 돌아서서 물었다.

"그럼 어떻게 해?"

"지금부터 우리 아빠는 교수야. 우리는 여기 있기 싫은데, 아빠가 책 찾는 동안 우리를 끌고 다니는 거라고."

"누가 그런 걸 다 묻겠어?"

맥스가 고개를 흔들었다.

"그게 중요한 게 아니야. 따라와."

나는 맥스를 따라 대출대에서 떨어진 통로를 걸어갔다.

"네 온몸으로 방금 얘기한 설정에 따라 연기하면 돼. 아, 따분하다. 집에 가고 싶다. 넌 지금 임무를 수행 중인 사람이 아닌 거야. 넌 걸릴 걱정 같은 건 없는 사람이야."

맥스가 멈춰 서서 나를 보며 확인했다.

"무슨 말인지 알겠어?"

처음엔 몰랐지만, 맥스를 보고 나자 이해가 되었다. 구부정한 어깨, 시계를 흘깃거리는 눈, 아빠가 빨리 오길 바라며 도서관을 훑는 얼굴.

"알 것 같아."

그 말과 함께 내가 클래리언 대학교 교수들의 저서가 꽂힌 서가 쪽 컴퓨터 두 대를 손으로 가리켰다. 물론 흥분과는 거리가 먼, 따분하기 이를 데 없는 딸의 손짓이었다.

맥스가 고개를 끄덕였다.

"자리 좋네."

컴퓨터 화면에는 도서관 장서 목록 홈페이지가 띄워져 있었다. 하단의 브라우저를 클릭했더니, 장서 목록이 열리는 대신 아이디와 비밀번호를 묻는 메시지가 떴다.

"이런."

문득 작년에 미술 캠프 참석차 클래리언 대학교에 왔을 때 컴퓨터 사용을 위해 임시 아이디를 받았던 기억이 났다. 재빨리 그 아이디를 입력해 보았지만, 지금은 먹히지 않았다.

"이제 어쩌지?"

내 물음에 맥스가 주위를 둘러보았다.

"책 찾는 데는 비밀번호 없어도 돼."

"그렇긴 한데⋯⋯."

여기 어디엔가 정답이 있는 게 거의 확실했지만, 책은 수천 권도 넘었다. 대체 어디에서부터 시작한담?

"울리백 비서와 체스 대결을 하기 전에 아저씨가 먼저 해야 하는 게 있었어? 카페에서 비서를 만나기 위해서?"

"아, 있었지. 아빠도 연구실로 와서 '최초의 컴퓨터 프로그래머'가 태어난 해를 묻는 질문 같은 거에 답해야 했어."

"에이다 킹. 러브레이스 백작 부인. 1815년생이었지, 아마?"

나한테 이런 걸 물었으면 좋았을걸.

맥스가 말도 안 된다는 듯 빠르게 고개를 흔들며 물었다.

"최초의 프로그래머가 여자였다고? 그것도 백작 부인?"

"맞아."

내가 다시 컴퓨터로 몸을 돌렸다.

"넌 올리백이 아무거나 떠오르는 대로 질문하는 것 같아?"

"잠깐. 1800년대에 컴퓨터가 있었다고?"

"사실상 계산기에 가깝긴 했지. 그런데 에이다 러브레이스는 그 계산기가 앞으로 어떤 모습으로 발전할지 이해하고 있었어. 더 알고 싶으면 나중에 에이다에 대한 책을 대출해서 읽어 봐."

나는 에이다 러브레이스의 팬이지만, 지금은 그럴 때가 아니다.

"지금은 우리 질문에 집중하자."

"알았어. 그런데 아무거나 질문하는지, 아니면 우리를 겨냥해 물음을 던지는지가 왜 중요해?"

"모르겠어. 그냥 그걸 알면 탐색의 범위를 좁힐 수 있지 않을까 해서. 이를테면 우리는 학생이니까 문법을 묻는 걸 수도 있잖아? 아니면 철자 실수라던지?"

"그럼…… 글쓰기 책?"

"그래. 거기부터 시작해 보자."

121

내가 도서 검색창에 *하이픈*을 쳤지만 도움이 될 만한 정보는 아무것도 없었다. *구두점*은 항목이 더 많았다. 이 도서관의 청구 기호는 우리 학교 도서관 청구 기호와는 달랐다. 전부 다 숫자 대신 철자로 시작했다.

"애버릴, 난 답이 문법책에 있을 것 같진 않아."

맥스가 내 팔에 손을 얹고 나를 끌어당기며 목소리를 낮춰 말했다.

"라이더 울리백이잖아. 컴퓨터나 코딩, 그것도 아니면《오즈의 마법사》라면 또 모를까."

맥스 말이 맞을지도 몰랐지만, 지금 상황에 큰 도움이 되지는 않았다.《오즈의 마법사》에 인쇄 실수 같은 게 있었다 한들, 돈이 들어 봤자 얼마나 든단 말인가?

내가 맥스에게 말했다.

"코딩에는 하이픈 실수가 있을 수 없어. 무슨 말이냐면 뺄셈 기호나 아니면……."

나는 말끝을 흐렸고 그 순간, 내내 머릿속에 맴돌던 이야기 하나가 마침내 모습을 드러냈다.

"하이픈(-)이 아니었어. 오버바(¯)야. 그래야 말이 돼!"

내 목소리가 너무 커서 사서 한 명이 우리를 쳐다보았다.

맥스가 주의를 주었다.

"느긋해야 한다고 했던 말 잊었어?"

"미안."

나는 도서 검색창에 *마리너1*을 치고 종이 하나와 연필을 집어 청구 기호를 휘갈겨 썼다. 그런 다음 휙 돌아서서 맥스를 보고 말했다.

"최초로 금성을 탐사할 우주선을 발사하기 위한 프로그래밍을 하면서 누가 실수로 변수에서 오버바 하나를 빼먹은 거야. 결국 프로그램을 망쳤고 금성으로 가는 대신 지구의 어떤 도시와 충돌하게 생긴 거지. 미국 항공 우주국에서는 우주선이 궤도를 벗어나기도 전에 폭파할 수밖에 없었어."

맥스가 놀라서 말했다.

"역사상 하이픈 실수로 치르게 된 가장 큰 대가."

"맞아. 게다가 그 말을 처음 쓴 사람이 누구였는지 알아? 아서 C. 클라크. 이거야말로 문학에 푹 빠진 컴퓨터광이 아이들에게 줄 만한 단서가 아니고 뭐겠어."

내가 옛날 공상 과학 소설 팬인 아빠에게 뼛속 깊이 감사하며 말했다.

"아서 C. 누구?"

"클라크. 우주에 대한 이런저런 작품을 쓴 영국의 공상 과학 소설가야. 사실에 근거한 글을 쓰기도 했고."

"아, 그러니까 얼마나 돈을 날린 건데? 몇 달러인지 알아야 되잖아, 맞지?"

"기억이 안 나."

내가 종이쪽지를 집어 들며 말했다.

"그런데 어디에 가면 그 책이 있는지는 알지."

맥스가 한 손을 내 팔에 얹으며 나를 진정시켰다.

"좋아. 그런데 우리 천천히 가자."

엘리베이터 지도를 보니 2층으로 가야 했다. 2층으로 올라간 우리는 줄줄이 이어진 책장들 사이에서 바닥에 깔린 길잡이용 색 테이프를 발견했다. 우리는 초록색 길을 따라 우주를 주제로 한 책을 모아 둔 곳으로 향했다. 책상에서 혼자 공부 중인 여학생을 빼면 주변에 아무도 없었다.

우리는 마침내 책장 맨 아래 칸에서 《우주의 약속》을 찾아냈고 색인을 뒤져 *마리너1*을 찾아 해당 쪽을 펼치고 내용을 훑었다. 내가 정답을 손으로 가리켰다.

"8,000만 달러. 역사상 하이픈 실수 하나로 날린 가장 큰 금액."

맥스가 휘파람을 불었다.

"나 앞으론 선생님들이 검토 잘하라는 말, 진지하게 받아들여야겠다."

124

"그런데 사실 그건 최악의 실수도 아니었어. 그로부터 얼마 뒤 미국 항공 우주국은 1억 달러가 넘는 우주선을 추락시켰어. 일부 측정값을 미터법으로 변환하는 걸 깜빡했거든."

"말도 안 돼."

"말이 돼. 난 당장 울리백 연구실로 가면 좋겠는데."

맥스가 고개를 저었다.

"그럴 일은 아니야. 밤에 사람도 없는 건물 안을 몰래 돌아다니다가는 쓸데없이 눈길만 끌어. 더구나 이제 목적지가 코앞인데 집으로 잡혀가면 얼마나 속상하겠어. 좀 기다렸다가 가는 게 좋아."

맥스 말이 맞다는 건 알지만 정답을 알고도 아무것도 할 수 없다니 답답한 노릇이었다.

20장

맥스와 나는 밤사이 몸을 숨길 만한 곳을 찾아 2층을 더욱 샅샅이 뒤졌다. 맨 구석에 벽면을 따라 직각으로 붙여 놓은 소파 두 개가 눈에 띄었다. 책장에 가려 사람들이 지나다니는 통로 쪽에서는 잘 보이지 않는 자리였다.

맥스가 말했다.

"여기가 좋겠다."

내가 주위를 둘러보며 말했다.

"글쎄. 누가 보면 어떡해?"

"소파에 앉아 있으면 우리 얼굴은 안 보여. 쉬고 있는 대학생인 줄 알걸."

"불은 밤새 켜 놓을 텐데."

맥스가 팔짱을 끼고 말했다.

"너 여기서 공주 놀이 하겠다는 건 아니잖아, 안 그래?"

지금껏 내가 공주라고 생각해 본 적은 꿈에도 없었지만, 대낮같이 환한 공공장소 소파에서의 하룻밤을 피할 수만 있다면 공주라도 좋았다.

"이렇게 하면 어때? 지금 가서 에이다 러브레이스 책을 찾

자. 그때까지 더 좋은 자리를 못 찾으면 여기로 돌아오기.”

맥스가 잠시 나를 가만히 바라보았다.

“좋아. 그런데 까불까불하지 말고 복도에서 달리지도 마.”

내가 엘리베이터 쪽으로 돌아서며 따졌다.

“내가 언제 까불었다고 그래?”

“암요, 암요, 공주님.”

내가 휙 돌아서서 맥스를 손가락으로 가리키며 말했다.

“*하지 마*. 또 별명 만들기만 해.”

맥스가 양손을 번쩍 들었다.

“알았어, 알았어. 계속 코딩 소녀라고 부를게.”

우리는 엘리베이터를 타고 1층으로 내려가서 에이다 러브레이스 책이 있는 위치를 검색한 다음 다시 4층으로 올라가 이번에는 길잡이용 노란색 테이프를 따라갔다. 4층은 한쪽 끝에 휴게실이 있었고 다른 층보다 조금 더 사람이 많았다. 서고 주변엔 아무도 없었지만, 책상에 학생들이 몇 명씩 모여 있고 화장실을 오가는 사람들도 보였다.

맥스가 여기저기를 살피며 말했다.

“별로야.”

맥스를 따라 엘리베이터로 돌아가려는데 화살표와 함께 표지판 하나가 내 눈길을 붙잡았다. **교수 및 대학원생을 위한 조**

용한 작업실.

"애버릴." 하고 맥스가 불렀지만 나는 이미 복도를 향해 가고 있었다.

복도 양쪽으로 나무문이 줄지어 있고 그중 몇 개에는 사용자의 이름이 적혀 있었다. 문에 달린 좁은 창을 통해 작은 방에 놓인 책상 두 개와 소파 하나가 보였다.

"이 방 중 하나로 할래?"

내 말에 맥스가 주위를 살피며 머뭇거렸다.

"글쎄."

문을 당겨 보았지만, 잠겨 있었다.

우리가 복도를 따라 걸어가는 동안, 나는 문손잡이를 하나하나 밀어 보았다. 마침내 딸깍 문이 열렸다.

"맥스!"

맥스의 발에 내 발가락이 밟혔다. 내가 짜증스럽게 뒤를 돌아보자 맥스가 말했다.

"아빠가 여기서 만나자고 했던 것 같은데."

"뭐?"

도대체 무슨 말인지 이해가 되지 않던 찰나, 맥스의 어깨 너머로 한 여자가 보였다. 치마와 구두 차림의 여자가 복도 끝에서 우리를 향해 걸어오고 있었다. 내가 열었던 문을 닫았다.

여자가 물었다.

"얘들아, 여기엔 무슨 일로 왔니?"

이마에 땀이 송골송골 맺혔다. 난 마음속으로는 이미 체포돼서 부모님한테 사죄의 글을 쓰고 있었지만 맥스는 변함없이 차분하기만 했다.

"윽. 이 쓸모없는 휴대폰 같으니. 문자 메시지가 온 줄 몰랐네. 아빠가 아래층에서 보자시네요. 우리를 도서관에다 버릴 거면 스마트폰이라도 사 주시던가."

여자가 빙긋 웃었다.

"너희를 버리진 않으셨을 거야."

"뭐, 영영 버리진 않으셨겠죠."

맥스가 휴대폰을 주머니에 쑤셔 넣으며 여자를 향해 웃어 보이고는 나에게 말했다.

"가자, 릴라."

맥스가 여자 쪽으로 걸었고 난 어찌할 바를 몰라 당황한 얼굴을 들키지 않으려고 안간힘을 쓰며 맥스를 뒤따라갔다.

여자가 말했다.

"같이 내려가자. 나도 그쪽으로 가는 길이야."

엘리베이터에서 혼자 생각했다. 설마 우리를 아빠한테 바래다주려는 건가. 그럼 어떻게 하지. 내 머릿속은 커다란 바람

개비처럼 제자리에서 빙빙 돌 뿐 아무 생각도 할 수 없었다.

엘리베이터에서 1층으로 발을 내딛는데 맥스가 다시 손에 휴대폰을 쥐고 여자에게로 돌아서며 말했다.

"윽. 아빠가 책 한 권이 더 필요하시다네요. 15분은 더 기다려야 해요. 혹시 기다리기 좋은 데가 있을까요?"

"저기 카페 옆에 어린이 열람실이 있어. 너희한테는 좀 유치할 수도 있겠지만 만화책이나 그래픽 노블도 많아. 그런 책 좋아하면."

기다리던 선물이라도 받은 사람처럼 맥스의 얼굴이 갑자기 밝아졌다.

"정말요?"

여자가 생긋 웃으며 답했다.

"어때? 불 나오고 삑삑거리는 것만 재밌는 게 아니라니까."

"선생님 말씀이 맞는 것 같아요. 그래도 저희 아빠한테는 말하지 마세요."

여자가 가기 전에 맥스의 팔을 토닥이며 말했다.

"걱정 마. 우리만의 작은 비밀로 간직할게."

21장

"나한테 릴라라고? 그 이름은 어디서 나온 거야?"

"음, 넌 공주는 싫다며. 애버릴하고 코딩 소녀는 진짜 너를 너무 드러내는 이름이고, 그러니 다른 이름을 생각해 내는 수밖에. 네 이름에 '릴' 자가 들어가길래……."

복도를 따라 걸어가며 릴라라고 불렸을 때의 느낌을 생각해 보려는데, 어린이 열람실 문을 열자 별명 같은 건 까맣게 잊어버렸다. 눈에 익은 알록달록한 책들이 빼곡한 책장, 찌그러진 빈백, 보들보들한 가구들이 눈에 들어온 순간, 위층에서 그 무엇을 봤을 때보다도 마음이 설렜다. 게다가 구석구석 책 읽기 좋은 아늑한 자리를 갖춘 나무 집까지. 어린이 열람실을 이용하기에 내가 너무 컸다는 느낌은 전혀 없었다.

내가 주위를 두리번거리자 맥스가 속삭였다.

"3분 정도 둘러보면서 시간을 때우자. 나갈 때에는 비상계단으로 가. 나도 거기에 가 있을게. 만나서 밤을 보낼 데를 찾아보자. 난 또 그 여자분 맞닥뜨리기 싫어. 만에 하나 확인하러 왔는데 '아빠' 없이 우리끼리 있으면 안 되잖아."

내가 맥스에게로 돌아섰다. 이 모든 상황을 대응해 내는 맥스가 고마우면서 한편 궁금하기도 했다.

"넌 어떻게 이 모든 걸 척척 해결하는 거야?"

"연습."

내가 계속 쳐다보자, 맥스가 다시 말했다.

"나중에 말해 줄게."

그러더니 나를 쿡 찌르며 책장 쪽을 가리켰다. 바닥에 앉아 걸음마를 뗀 듯한 아이에게 책을 읽어 주던 한 엄마가 우리를 올려다보길래 내가 지나가며 싱긋 웃어 주었다.

이리저리 돌아다니다 한 책장으로 걸음을 옮겼지만 난 내가 뭘 보고 있는지도 몰랐다. 3분이 지났다는 확신이 들자, 책장에서 몸을 돌렸다. 맥스는 이미 사라지고 없었다.

비상계단에 앉아 있는 맥스를 발견하자, 다시 똑같은 질문을 던졌다.

"자, 이제 말해 봐. 그 여자분한테 뭐라고 하면 좋을지 넌 어떻게 알았어? 난 눈앞이 깜깜하던데."

"난 그냥 들으면 기분 좋을 만한 말을 해 준 것뿐이야. 우리에 대해서도 안심할 수 있고, 여자분 스스로에 대해서도 흡족하게 느끼도록 해 주는 말. 집에 가면서 화면 중독인 두 아이를 책의 세계로 안내해 줬다고 뿌듯해할 거 아냐."

내가 눈을 치떴다. 내가 만난 어른 중엔 컴퓨터에 빠진 아이들은 책을 좋아할 수 없다고 여기는 사람들이 많은 게 사실이었다.

"또 기분이 좋아야 우리 생각을 계속 안 할 거 아냐. 우리가 아빠를 찾았나 못 찾았나 하는 걱정도 덜 할 테고. 우리 둘은 그 여자분 마음속에서 해결된 셈이지. 이야기 끝."

맥스는 내가 컴퓨터를 이해하는 방식으로 사람들을 이해하고 있었다.

"넌 미안하긴 한 거야? 사람들한테 거짓말하는 거?"

맥스가 가볍게 대답하려고 입을 벌렸다가 이내 다물고 생각에 잠겼다. 잠시 후 맥스가 답했다.

"난 항상 스스로에게 물어봐. 내 거짓말이 남에게 상처를 주나, 도움을 주나. 보통 선의의 거짓말은 누구한테나 도움이 되는 편이야. 모르는 사람들한테는 더더욱."

맥스 말이 맞았다. 아이스크림을 사 준 노부부도, 그래픽 노블을 권한 여자분도 기쁜 마음으로 떠났다.

"그런데…… 모르는 사람이 아니면?"

"예를 들면 우리 부모님?"

"응."

"글쎄. 가끔 죄송하긴 한데……."

내가 한 계단을 올라 맥스 옆으로 더 바짝 다가섰다.

"죄송하긴 한데 뭐?"

맥스가 한쪽 어깨를 으쓱했다.

"나는 우리 부모님이 진실을 들을 자격이 있나 싶을 때가
많아."

지금까지 그런 생각을 해 본 적은 한 번도 없었다. 듣고 보
니 맥스 말이 옳았다. 진실, 특히나 나에 대한 진실은 소중한
것이다. 누가 요구한다고 해서 무조건 그 진실을 내놓아야 하
는 건 아닌지도 모른다.

22장

우리는 더 이상의 모험을 벌이지 않고 처음에 찾아낸 도서관 4층 작업실로 되돌아왔다. 불빛이라곤 문에 난 길고 좁은 창으로 새어 들어오는 빛이 다였다. 낮은 탁자를 사이에 두고 짧은 소파 두 개가 양쪽 벽에 붙어 있었다. 뒤쪽 벽에 붙여진 책상과 책장이 비어 있는 것으로 보아 지금 당장은 주인이 없는 곳인 게 확실했다.

맥스가 배낭을 책상에 휙 던져 놓고 소파를 창문 쪽으로 옮기기 시작했다.

"뭐 해?"

"등을 창문 쪽으로 두고 싶어서. 어두우니까 누가 들여다볼 것 같진 않은데, 미리 조심해서 나쁠 건 없잖아."

듣고 보니 일리 있는 말이었다. 내가 소파의 반대쪽 끝을 잡았다. 우리는 창을 등지는 위치로 천천히 소파를 옮겼다. 만에 하나 안을 들여다보는 사람이 있다고 해도 우리를 보지는 못할 것이다.

맥스가 털썩 소파에 누웠다. 팔걸이 위로 두 발이 삐죽 튀어나왔다.

"2년 전에 왔다면 키가 딱 맞았을 텐데."

"2년 후가 아닌 걸 다행으로 알아. 그땐 머리도 튀어나올 테니까."

나는 살짝 구부리기만 하면 될 정도로 몸길이가 소파에 딱 맞긴 했지만, 이래저래 우리 모두에게 긴 밤이 될 것 같았다. 책이 있는 게 그나마 다행이었다. 내가 책을 읽으려고 딸깍 불을 켰다.

"아직 이른 시간인 건 알지만 불 켜면 안 될 것 같아. 걸리기 싫으면."

"말 되네."

내가 다시 불을 껐다.

"그럼 난 가서 씻고 올게."

"알았어. 조심해."

배낭을 소파에 두고 캠프용, 아니 가출용으로 챙긴 손가방을 들고 화장실로 가서 매일 저녁 하던 대로 씻기 시작했다. 익숙한 민트 향 치약과 자몽 향 세안제 덕분에 마음이 한결 차분해졌다.

씻고 난 뒤에는 화장실 고리에 손가방을 걸어 놓고 잠옷을 찾았다. 심사숙고해서 챙긴 짐이었다. 하루에 한 번 갈아입을 깨끗한 속옷과 양말, 레깅스와 티셔츠. 거기에다 추가로 스웨트 셔츠 한 장. 그래 봤자 배낭을 크게 차지하지 않는 것들이라 샤워를 못 하는 대신 하루에 한 번 깨끗한 옷으로 갈아입는 것으로 위안을 삼기로 했다.

하지만 조금이라도 씻지 않으면 차마 깨끗한 옷으로 갈아입을 수 없겠다는 결론에 이르러, 종이 타월 한 장을 뜯어서 비누와 물을 묻혀 최대한 몸을 닦았다.

우리 가족보다 우리 집 욕실이 더 그리운 걸 보면 난 정말 형편없는 사람인지도 모르겠다.

작업실로 돌아와 보니 아무도 없길래 맥스도 씻으러 갔겠거니 생각했다.

막상 소파에 자리를 잡고 눕자 현실을 깨닫게 됐다.

난 지금 도서관에서 밤을 보내기 직전이다. 게다가 엄마 아빠는 내가 지금 어디에 있는지도 모른다. 이런 일은 난생처음이다.

이것도 가출이라고 할 수 있을까? 정확히 말하면 그런 것 같지는 않다. 어차피 집으로 돌아갈 생각이니까. 그렇지만 내가 저지른 일이 보통 일이 아니라는 것만큼은 확실하다.

배낭에서 얇은 담요를 꺼내려는데 맥스가 문을 열었다. 나는 좀 멋쩍게 웃었다. 암청색 바탕에 별자리가 그려진 담요인데 어릴 적부터 덮고 잤던 담요라 좀 유치한 것 같아서였다.

그런데 맥스의 반응은 이랬다.

"난 왜 그 생각을 못 했지."

맥스는 위아래를 운동복으로 갈아입었고 그 옷만으로도 춥지는 않을 것 같았다. 그래도 뭐라도 덮고 자면 마음이 편해지는 건 사실이다.

"나한테 후드 티 하나 더 있는데, 줄까?"

"어, 고마워. 그럼 좋지."

맥스에게 내 후드 티를 던지면서 맥스가 일회용 휴대폰을 열고 화면의 불빛을 이용해 책을 읽는 걸 보고, 나도 손전등과 《오즈의 마법사》를 꺼냈다. 그런 다음 둘둘 만 다른 스웨트 셔츠를 베개 삼아 소파에 누웠다.

그런데 좀체 이야기에 집중이 되지 않았다. 옛날 말이라 잘 읽히지도 않는 데다가 복도에서 간간이 발소리도 들리고 한 번씩 왁자한 웃음소리도 들려왔기 때문이었다.

적막한 가운데 맥스가 말했다.

"너 에이다 러브레이스가 감정의 미적분학을 쓰려고 했던 거 알아? 컴퓨터가 단순한 수치 처리 장치 이상으로 발전할 수 있다는 걸 알아냈다는 것도?"

"응. 그 모든 걸 여자라는 이유로 대학 입학이 허용되지 않은 상태로 해냈다는 사실도. 나 작년 위인 프로젝트 때 러브레이스로 분장했었어."

"그걸 놓쳤다니 아쉽네."

내가 딸깍 손전등을 껐다.

"뭐 하나 물어봐도 돼? 넌 왜 공립 학교로 전학 왔어? 전에 다니던 사립 학교가 싫었어?"

맥스의 얼굴은 보이지 않았지만, 한숨 소리만큼은 선명하게 들렸다.

"궁금한 것도 당연하지. 지금 이렇게 같이 있으니까."

"꼭 대답하지 않아도 돼. 불편하면……."

"아니. 괜찮아."

맥스가 본격적으로 이야기를 하려는 사람처럼 열었던 휴대폰을 닫았다. 그러자 작업실 안이 어두워졌다.

"거기에는 부잣집 애들이 많아."

"그럴 것 같아."

"그런데 다 부자는 아니야. 장학금을 받고 다니는 애들도 있어."

"음, 그럼 좋은 거잖아. 안 그래?"

"좋아야 마땅하지. 그런데 교복만 똑같지, 티가 나잖아. 신발이며, 머리며."

"그래서?"

"놀림을 받아. 많이."

"그럼 네가······."

나도 모르게 숨을 죽였다. 맥스에 대한 나의 판단이 틀리지 않길 바랐다.

"아니. 너는 아무리 해 봤자 수준 미달이라는 소리를 듣고 사는 기분, 내가 누구보다 잘 알거든. 나는 남한테 그런 짓은 안 해."

"그럼 무슨 일이 있었는데?"

"재밌는 일이 있었지."

그때를 떠올리는 맥스의 목소리에서 즐거움이 느껴졌다.

"내가 발신자를 학교로 위조한 가짜 편지를 써서 그중에서도 제일 못되기로 유명한 세 명한테 보냈단 말이야. 학교에서 교복을 새롭게 바꿀 예정인데 체격도 좋고 에스엔에스(SNS)에서 영향력도 큰 학생들이니 제일 먼저 교복 모델이 돼 주었으면 한다고."

내가 깔깔 웃었다.

"재밌네."

"재밌지. 그런 다음 최대한 우스꽝스러운 교복을 구했지. 헐렁한 반바지도 같이. 너 그 옷 알아?"

"뚱뚱한 반바지 같은 거?"

"바로 그거야. 샛노란색으로. 말도 안 되는 해시태그를 왕창 붙여서 사진을 공유해 달라는 부탁도 써 놨어. 이를테면 #노란색은새로운검정색이다."

맥스는 흡족한 목소리였다.

"그러다 걸린 거야?"

"결국에는 그랬지."

맥스가 다시 한숨을 쉬었다.

"좋은 소식은 내가 터무니없이 돈만 많은 애들과 더는 같은 학교에 다니지 않아도 된다는 거야."

"음, 어, 넌 우리 집이 동네에서 부잣집이 *아닌* 건 아니라는 거 알지?"

우리 집은 방이 다섯 개에, 뒤뜰에 작은 폭포도 있다. 가까운 거리에 있는 프리야네 집에는 수영장도 있다.

"그건 다 상대적인 것 같아. 예전 사립 학교에서는 내가 평범했어."

"설마."

하고 보니 괜한 말을 했다 싶었다.

맥스가 가볍게 웃었다.

"돈만 봤을 땐 그랬지. 여기에선 내가 튀는 게 사실이고."

"어째서?"

"음, 내 이름 때문에."

"맥스?"

맥스가 아나운서 목소리로 말했다.

"맥시밀리언 앨리스터 맥클래런."

내가 곰곰이 생각해 보았다.

"그렇게 나쁜 이름은 아닌데."

그러자 맥스가 어두운 목소리로 한마디를 더했다.

"3세."

참지 못하고 웃음이 터졌다.

"어머나. 생각해 보면 참 묘해. 부모님들이 이름을 짓고 우리는 평생 그 이름으로 산다는 게."

"넌 어떻게 애버릴이 된 거야?"

내가 한숨을 내쉬었다.

"우리 엄마가 제일 좋아하는 책 《빨간 머리 앤》에서 따온 이름이야."

"그럼 앤이 돼야 하는 거 아니야?"

"아니. 앤이 멋지긴 해도 엄마한텐 그 정도론 성이 차지 않았겠지. 애버릴은 앤이 쓴 이야기 속 주인공인데 아름답고, 착하고, 똑똑한 소녀야."

"와, 넌 이름 때문에 가지는 부담이라곤 하나도 없겠구나."

"하하, 당연하지. 그리고 언니 이름은 코델리아인데, 앤이 자기 이름이었으면 좋겠다고 상상한 이름이야. 엄마는 예나 지금이나 진짜가 아닌 상상 속 아이들을 원하나 봐."

"넌 계속 릴라라고 해야겠다."

"그러게. 재밌네. 사실 릴라도 그 책에 나오는 사람이긴 해. 완벽한 애버릴보다는 훨씬 흥미로운 인물이고."

맥스가 다정하게 말했다.

"음, 난 릴라가 마음에 들어. 색다르잖아. 너처럼."

무어라 대꾸해야 좋을지 몰라서 그냥 이렇게 답했다.

"잘 자, 맥시밀리언 앨리스터 맥클래런 3세."

"잘 자, 릴라."

몇 분 뒤, 놀랍게도 나는 곧바로 잠들었다.

23장

아침 일찍, 맥스가 거슴츠레한 눈으로 나를 깨웠다. 오늘 이 방을 예약한 사람이 올 수도 있으니 빨리 나가자고 했다. 부디 그런 일은 없기를 바랐다. 여기서 자니 안심이 됐다. 오늘도 여기서 자면 좋을 것 같았다.

2층 화장실에서 10분여 만에 대충 준비를 마치긴 했지만, 영 마음에 들지 않았다. 머리끈을 하나 더 챙겨 오는 걸 깜빡한 데다, 머리칼이 찝찝하게 번들번들한 느낌이 들었다.

비상계단에서 만난 맥스는 얼굴 가득 환한 웃음을 짓고 있었다.

"좋은 수가 떠올랐어!"

"뭔데?"

맥스가 사물함이 설치된 뒤쪽 벽을 호들갑스럽게 가리키며 말했다.

"사물함. 하루 종일 배낭을 메고 다닐 필요가 없다고."

"얼만데?"

"1달러 50센트. 근데 걱정하지 마. 우리 밥값은 한 푼도 건드리지 않을 거니까. 나한테 계획이 있어."

거기까지만 말한 뒤 맥스가 앞문으로 향했다. 맥스를 따라가면서도 난 기대 반, 걱정 반이었다.

어제와는 달리 하늘엔 짙은 구름이 낮게 깔려 있었고 차가운 봄 공기가 무겁게 느껴졌다. 부디 비는 아니길. 짐을 챙길 때 비는 전혀 염두에 두지 않았기 때문이다.

맥스가 앞으로 달려가 커다란 원형 분수대 가장자리에 앉아 신발을 벗었다.

내가 맥스를 따라잡고 나서 물었다.

"맥스! 너 뭐 해?"

"수렵과 채집."

맥스가 그 말과 함께 물속에 두 발을 담갔다.

"망 잘 봐."

맥스가 철벅거리며 분수 안으로 들어갔다.

"망을 잘 보라니?"

"아이 한 명이 분수에 있는 동전을 몽땅 주우면 불량 청소년 같지만, 두 명이 분수에서 놀면 귀여워 보이잖아."

"불량 청소년?"

맥스가 허리를 숙여 동전 하나를 집고는 다시 나를 보고 씩 웃었다.

"진짜 부자 말고 보통 부자들은 '불량 청소년'이라는 말을 안 쓰나?"

내가 마주 보고 웃으며 말했다.

"응. 우린 그런 말 안 써."

내가 신발과 양말을 벗었다. 맥스는 헐렁한 반바지 차림이 었지만 나는 레깅스를 무릎까지 걷어야 했다. 발을 담그자 물 이 차가워서 악 소리가 절로 나왔다.

맥스가 나를 향해 물을 살짝 튀기며 말했다.

"처음에만 차갑지, 적응되면 괜찮아."

"난 적응될 정도로 오래 있을 생각은 없는데."

나는 맥스를 향해 발로 물을 뿌리고 동전을 한 움큼 그러모 으며 분수대 안쪽으로 철벅철벅 걸었다.

맥스가 깔깔거리며 나를 따라왔다. 내가 휙 돌아서서 물에 손을 가져다 대며 하지 말라고 으름장을 놓았다. 맥스도 허리 를 숙여 반대 손을 물에 가져다 댔다.

"어머나. 너희 둘 참 깜찍하다."

우리 둘의 고개가 동시에 돌아갔다. 여학생 하나가 우리 쪽 으로 휴대폰을 내밀고 있었다.

놀라지 말라며 맥스가 나에게 외치는 침묵의 고함이 들리 는 것만 같았다. 그래서 난 다시 맥스에게 물을 뿌리며 둘이 같이 카메라를 등진 채 분수 반대쪽으로 달아날 구실을 만들었다.

분수 밖으로 나오자, 맥스가 내민 손에 주워 온 동전을 떨어뜨렸다.

맥스가 말했다.

"걱정 마. 우리 부모님들이 저 누나 에스엔에스(SNS)를 팔로우할 가능성은 낮으니까."

"그래도 아이 둘이 분수대에서 놀면 귀엽게 보일 거라는 말은 맞나 보네. 우리더러 *깜찍하다잖아.*"

내가 레깅스를 내리며 말했다.

"그만하면 되겠어?"

"이 정도면 쓰고도 남아. 그런데 사물함을 쓰려면 5센트짜리와 10센트짜리를 25센트 동전으로 바꿔야 해. 도서관 안내 데스크에 가서 바꿀 수 있어. 넌 밖에 좀 있을래? 내가 네 배낭 넣어 두고 올게."

맥스가 배낭을 달라며 손을 내밀었다. 나는 공책을 꺼내고 배낭을 넘겨주었다. 맥스가 도서관으로 들어간 사이, 나는 울리백 연구실 문을 그리는 데 집중했다. 기억나는 대로 최대한 자세하게 그렸다. 배가 고팠지만 무시하려고 노력했다. 당장이라도 울리백의 연구실에 가고 싶은 마음이 굴뚝같았지만, 일단은 아침을 해결해야 했다. 4달러로 배를 채울 수 있으려나.

몇 분 뒤, 맥스가 어떤 부모님들과 중고등학생들을 따라 도서관 밖으로 나왔다. 맥스가 오라고 손을 흔들길래 슬쩍 무리에 끼었다. 맥스가 내 공책을 받아 텅 비다시피 한 자기 배낭에 넣었다. 자기 짐은 사물함에 대충 털어놓고 온 것 같았다.

내가 조그맣게 물었다.

"지금 우리 뭐 하는 건데?"

맥스의 눈이 환해졌다.

"가이드 말이 캠퍼스 견학 끝나면 아침이 공짜래. 구내식당에서!"

"푸드 코트 쪽이 더 빠르지 않을까?"

맥스가 강아지 같은 눈을 하고 나에게 말했다.

"릴라! 구내식당 식사는 무한 리필이잖아."

"알았어."

우리의 경제적 상황과 내 텅 빈 위장을 생각하면 구내식당에서 하루를 시작하는 것도 꽤 괜찮은 선택인 것 같았다. 울리백의 태블릿에서 봤던 글귀대로라면 문제를 푸는 데 시간은 중요하지 않았다.

단체 견학생들 뒤에 슬그머니 따라붙은 우리는 얌전히 몸을 돌려 새 체육관과 거대한 해시계를 감탄스레 바라보았다. 마침내 가이드가 들어가라며 구내식당 문을 열자, 나는 맥스

뒤로 더 바짝 붙어 섰다. 누군가 부모님은 어딨느냐고 물을까 봐 겁이 났다.

그런데 아무도 묻는 사람이 없었다. 식당으로 들어가자 가이드가 우리 둘에게도 작은 파란색 식권을 나눠 주었다. 갑자기 새로운 걱정이 생겨났다.

내가 맥스의 손목을 붙잡고 물었다.

"지금 이거…… 도둑질 아니야?"

맥스가 고개를 내저었다.

"내가 말했잖아. 캠퍼스 견학 참가자에게는 식권을 준다고. 우리는 견학을 마쳤고."

맥스가 한 말을 곰곰 생각해 보았다.

"처음부터 하진 않았는데."

맥스가 씩 웃었다.

"음, 그럼 아침을 다 먹지 말던가."

24장

맥스가 어른들이 앉은 탁자 쪽을 가리키며, 그 근처에 앉으면 우리를 일행이라 여길 거라고 했다. 우리는 후드 티를 벗어 자리를 맡아 놓고 음식을 가지러 갔다.

대학생들은 이런 식당에서 하루 세 끼를 먹을 수 있다는 사실이 믿기지 않았다. 학생들의 아침을 위해 신선한 과일이 가득한 샐러드 바, 즉석 오믈렛 조리대, 입맛대로 만들어 먹는 와플 코너, 달걀과 베이컨과 해시브라운을 산더미처럼 쌓아 둔 커다란 접시와 세상의 빵과 쿠키를 모조리 모아 놓은 것 같은 탁자들이 마련되어 있었다.

나는 스크램블드에그를 퍼 담고, 통밀토스트와 딸기 한 접시에 오렌지주스까지 챙겨 자리로 돌아왔다. 나보다 먼저 와 있던 맥스 앞에는 음식이 잔뜩 쌓여 있었다. 휘핑크림으로 범벅이 된 와플 하나, 달걀과 베이컨 왕창, 머핀 하나, 한 접시를 통째로 채운 해시브라운까지. 한 개지만 바나나를 집어 온 게 그나마 다행이랄까.

"신선한 과일을 빼먹으면 너한테 한 소리 들을 것 같아서."

맥스가 변명을 하다 말고 자리에서 벌떡 일어났다.

"쟁반들 좀 가져다 두고 올게. 자리를 너무 많이 차지해서."

내가 자리에 앉으며 말했다.

"알았어. 쟁반이 문제인지는 모르겠지만."

맥스가 돌아왔을 때 내 스크램블드에그는 배 속으로 사라진 뒤였다. 나는 이렇게 배가 고팠는지 몰랐다. 아드레날린 때문인가?

맥스가 물었다.

"내 거 좀 줄까?"

"베이컨 조금?"

맥스가 베이컨 절반을 내 접시로 밀었다.

내가 베이컨을 집으며 물었다.

"프리야와 다른 애들은 뭐 하고 있을까? 채즈한테 문자 메시지 가능해?"

"아니, 안 하는 게 좋아. 비상시에만 연락하자고 했어. 무소식이 희소식이야."

맥스가 바나나 껍질을 벗겼다.

"너희 부모님은 뭐 하고 계실 것 같아?"

"몰라. 언니랑 싸우고 있겠지 뭐. 옆에서 울 나도 없으니까 마음껏 소리 지르고 신났겠네."

"너 진짜 심하게 괴로운가 봐……. 큰소리 나면."

내가 고개를 끄덕였다.

"심장 박동이 빨라지고 속이 울렁거려. 그런데 소리칠 때만 그런 게 아니야. 누가 화를 내도 그래. 프리야도 엄마도 화가 나면 아예 입을 꾹 다물거든. 난 그것도 싫어."

맥스가 해시브라운을 먹기 시작했다.

"넌 화나면 어떤데?"

"나?"

나는 오렌지주스 잔을 내려놓았다.

"난 화 안 나."

"야. 세상에 화 안 나는 사람이 어딨냐."

말다툼을 벌일 마음은 없었다. 맥스가 믿든 안 믿든, 난 화가 나지 않았다. 딱히.

델리아 언니가 내 책을 빌려 갔다가 커피 얼룩 범벅에 책장마다 모서리가 잔뜩 접힌 상태로 돌려줬을 때에도.

프리야가 나한테 상의 하나 없이 마음대로 주말 계획을 다 짰을 때에도.

아빠가 자기도 늘 그러면서 나한테 신발을 현관 앞에다 아무렇게나 벗어 뒀다고 잔소리를 퍼부었을 때에도 나는 화가 나지 않았다.

또 엄마가……. 음, 이때에는 화가 나긴 했다. 엄마가 내 공책을 엿보다 걸렸을 때에는 단순한 화를 넘어서 분노가 치밀 뻔했다. 하지만 심지어 그때에도 난 소리를 지르지 않았다. 그저 조용히 자리를 피했다.

맥스가 조심스레 물었다.

"넌 뭘 그렇게 두려워하는 거야?"

그만 눈가에 눈물이 그렁그렁 고이고 말았다. 난 두렵지 않다고 우기고 싶었지만, 맥스가 옳았다. 나는 겁이 났다. 내가 화를 내면, 아니 무슨 말썽이라도 피우면, 사람들이 나를 더는 좋아하지 않을까 봐 두려웠던 것 같다.

맥스에게는 이런 속내를 털어놓지 않았다. 하지만 비어져 나온 눈물마저 숨길 수는 없었다. 냅킨 한 장을 집어 눈물을 닦았다.

"미안. 내가 힘을 낼게."

"나한테도 그렇게 괜찮은 척하지 마."

맥스는 포크를 내려놓고 먹기를 멈췄다.

잠시 뒤 맥스가 다시 입을 열었다.

"너 앞으로도 계속 식구들한테 감정을 숨기고 살 거야? 가족들이 네가 화내는 걸 좋아하지 않는다는 이유로?"

"네가 그러는 건 아니고?"

맥스가 고개를 갸웃하며 생각에 빠졌다.

"모르겠어. 난 감정을 숨기진 않는데. 아빠한테 구제 불능이라고 무시당하는 게 지긋지긋한 쪽에 가깝지."

"몰래 가출해 대학교 캠퍼스에서 지내는 게 뭐 대단한 반항이나 되는 것 같다. 아저씨가 알면 너에 대한 생각을 단단히 고쳐먹으시겠어."

내 약점만 들춰지는 게 싫어서 내가 농담 삼아 말했다.

맥스가 빙긋 웃었다.

"사실, 좀 그럴 가능성도 있을 것 같은데."

"음, 너도 아저씨한테 대놓고 말하지는 못하잖아."

"못하지. 나도 알아. 그래도 우리가 이런 시도를 했다는 걸 아는 것만으로도 도움이 되겠지."

맥스가 자기 앞에 놓인 텅 비다시피 한 접시를 내려다보고 말했다.

"이제 디저트 먹을 차례인가?"

맥스의 끝없는 식욕을 놀려 주기엔 난 아직 마음의 안정이 필요했다. 그래서 남은 눈물을 훔친 뒤 고개를 끄덕이며 디저트를 가지러 갔다.

초콜릿이 듬뿍 들어간 머핀은 먹음직스러워 보였다. 엄마가 있었다면 아침부터 이런 디저트는 꿈도 꾸지 못할 일이었다. 나는 머핀 하나를 집어 접시에 올렸다.

맥스는 크루아상과 도넛 사이에서 고민을 거듭했다. 나는 맥스를 기다리는 동안 케이크 믹스의 역사를 다룬 포스터를 읽었다.

자리로 되돌아오며 내가 말했다.

"너 베티 크로커가 실존 인물이 아니라는 거 알아?"

맥스가 되물었다.

"케이크 믹스 포장지에 나오는 여자?"

"응. 광고주들이 제품을 팔기 위해 만들어 낸 사람이래."

나는 말을 하다 말고 그 자리에서 얼어붙었다.

눈앞의 광경에 내 눈을 의심했다.

맥스가 물었다.

"애버릴? 왜 그래? 사람 놀라게."

"우리 언니가 뭐 하고 있는지 알았어. 엄마 아빠하고 싸우고 있는 게 아니었어. 언니 저기에 있어."

당장 제일 가까운 출구를 찾았다.

"우리 가야 돼."

그런데 너무 늦었다.

언니가 탁자를 밀치고 자리에서 벌떡 일어났다. 무서울 정도로 엄마와 닮은 모습이었다.

나는 맥스 옆으로 붙어 섰다.

맥스가 조용히 말했다.

"우리 미친 듯이 도망가야 돼?"

"언니한테는 쫓기지 않는 게 좋을걸. 피도 눈물도 없는 사람이거든."

25장

델리아 언니가 옆구리에 손을 올린 채 우리 앞에 섰다.

"애버릴! 너 지금 100킬로미터 떨어진 곳에 있어야 하는 거 아니야? 코딩 캠프 말이야, 여기가 아니라⋯⋯. 그것도 이⋯⋯ 이런⋯⋯."

내가 맥스를 가리키며 말을 잘랐다.

"이 애는 맥스야."

"얘가 맥스라고 해서 내 기분이 좋아지지는 않아. 널 뭐라고 하며 꾀었는데?"

주변 사람들이 우리를 쳐다보기 시작했다.

맥스가 내 등에 한 손을 얹고 말했다.

"좀 앉아서 얘기해 보면 어떨까요? 조용히? 애버릴은 시끄러운 걸 좋아하지 않는 편이라."

언니가 맥스를 노려보며 말했다.

"아, 그러셔. 어디 내 동생 얘기 좀 더 해 줄래? 난 얘가 태어나던 날부터 알고 지내는 사인데."

"언니, 제발."

나는 언니에게 애원했다. 왜 그래야 하는지도 모르는 채.

언니가 쏘아붙였다.

"너희 자리가 어디야?"

내가 우리 자리를 손으로 가리켰다.

"알았어. 나 연주회 보러 왔는데 메이지와 리브한테 먼저 강당에 가 있으라고 말하고 올 테니까 기다려. 얘기 좀 하자."

언니가 우리를 손가락으로 가리키며 한마디를 더했다.

"저기 앉아서 내가 올 때까지 꼼짝도 하지 마."

"제 도넛은 먹어도 될까요?"

맥스의 물음에 키득키득 웃음이 나왔다. 도저히 참을 수가 없었다.

언니가 맥스에게 차가운 눈길을 던지고는 쿵쾅거리며 친구들 쪽으로 향했다.

맥스가 나를 건너다보며 말했다.

"넌 지금은 하나도 안 무서워하는 것 같은데."

정말 그랬으면 좋겠다는 마음으로 내가 말했다.

"내가 점점 용감해지고 있나?"

언니가 오면 앉으라고 맥스가 의자를 하나 더 가져다 놓았다. 맥스는 도넛을 뚝딱 해치우고 다시 크루아상을 집어 들었다. 나는 머핀을 맥스 쪽으로 밀었다. 입맛이 뚝 떨어졌다. 잘하면 언니가 내 행동을 이해하고 모른 척 내버려둘지도 모른다. 하지만 반대로 나를 말썽꾸러기 꼬맹이로 취급하며 당장 집으로 끌고 갈 수도 있다.

불현듯 세 번째 가능성이 머리를 스쳤다. 설마 자기도 같이 도와주겠다고 나서는 건 아니겠지? 어떤 면에서 보면 그거야말로 최악의 경우라 해도 과언이 아니었다. 내가 학교에 숨어라이더 울리백의 수수께끼를 푸는 동시에, 언제 어떻게 변할지 모르는 언니의 감정까지 견딜 수 있을 것 같지는 않았다.

맥스가 속삭였다.

"괜찮아?"

그런데 내가 대답을 하기도 전에 언니가 돌아와 의자를 빼고 앉았다.

"자, 어떻게 된 일인지 얘기해 봐."

언니에게 어제 우리가 루비 구두 앱의 감시에서 벗어나 자유를 얻기 위해, 캠프행 버스에서 도망친 과정을 이야기했다. 물론 모든 게 맥스보다는 나의 주도로 이루어진 것처럼 말하긴 했다.

"어제는 어디에서 잤고?"

"도서관."

"도서관!"

언니가 황당하다는 듯 양손을 쳐들었다.

"무슨 일이라도 생기면 어쩌려고?"

내가 언니 쪽으로 몸을 기울이며 말했다.

"학교에서 집까지 걸어가다 무슨 일이 생기면 어쩌려고? 캠프에서는? 우린 아무 일도 없었어."

맥스가 거들었다.

"제가 내내 애버릴 옆에 있었어요."

언니가 나와 맥스를 번갈아 쳐다보며 말했다.

"아, 그래, 거참 다행이구나. 알겠다. 근데 난 내 동생하고 말하고 싶어. 단둘이."

맥스가 탁자 맞은편에서 나에게 눈길을 보내며 내 생각을 확인했다. 내가 맥스를 향해 살짝 고개를 끄덕였다.

맥스가 자리에서 일어섰다.

"두 분한테 차를 좀 가져다드릴까요? 차 갖다드리고 저쪽에 앉아 있을게요."

맥스가 빈자리 하나를 손으로 가리켰다.

마시고 싶은 차를 주문하는 게 낫겠다 싶어 내가 말했다.

"페퍼민트?"

언니가 한 손을 내저으며 말했다.

"아무거나."

머핀을 도로 내 쪽으로 당겼다. 언니가 잔소리를 쏟아 내는 동안 뭐라도 해야 할 것 같았다.

"잘 들어. 엄마 아빠하고 사는 게 얼마나 힘든지 나보다 잘 아는 사람은 없어. 나는 네가 왜 이러는지 이해해. 그렇지만 앞으로 이틀을 더 여기서 지내게 둘 순 없어. 위험해."

언니가 소리를 지르지 않으니 제대로 생각이라는 걸 할 수 있었다.

"언니는 맥스를 잘 모르겠지만……."

"애버릴."

언니가 내 이름을 부르다 한숨을 내쉬고 말했다.

"네가 맥스에 대해 뭘 알아. 지난주에 처음 만난 애잖아. 더구나 만난 지 얼마 되지도 않았는데 같이 도망가자고 널 꾀어낸 애야."

"그게 말이야. 맥스가 나를 꾀어낸 게 아니야. 맥스가 나한테 제안한 건 맞는데 동의한 사람은 나야. 맥스는 소리를 지르지도 않았고, 명령을 하지도 않았고, 자기가 원하는 대로 내가 안 한다고 해서 나한테 죄책감 같은 걸 느끼게 하지도 않았어. 그 모든 게 나로선 신선한 경험이었다고. 무슨 말인지 알아?"

"난……."

언니가 말하려는데 맥스가 머그잔 두 개를 들고 나타났다.

161

맥스가 한 잔을 내 앞에 놓으며 말했다.

"페퍼민트."

그러고는 다른 잔을 언니 앞에 놓으며 말했다.

"라벤더허니. 마음을 진정시켜 준다고 쓰여 있던데요."

맥스가 다른 자리로 가서 앉자 언니가 웃음을 지었다.

"알았어. 네가 왜 쟤를 좋아하는지 알겠다. 보니까…… 나쁜 애는 아닌 것 같네."

맥스에게서 눈을 떼지 않은 채로 내가 말했다.

"나쁜 애 아니야."

"그래 봤자 열두 살인데, 쟤가 옆에 있다고 크게 안전한 것도 아니잖아. 엄마 아빠한테 맞서려면 뭐라도 해야 한다고 조언한 사람이 나라는 것도 알아. 그런데 내 말은 직접 따지든지, 아니면 머리에 염색이라도 하란 소리였어. 가출하라는 소리가 아니라."

"엄마 아빠하고 말하면 어떤 식인지 알잖아."

"내가 옆에서 같이 통화하면…… 직접 엄마 아빠를 보지 않고 말해도 되면 낫지 않을까."

언니가 손을 뻗어 내 팔을 쓰다듬었다.

"내 차에서 전화해도 돼. 내가 손 잡아 줄게."

"난 싫어. 엄마 아빠는 내 말 안 들어."

언니가 팔을 내리고 자세를 고쳐 앉았다.

"해 보지도 않고?"

나한테 이런 말을 하는 사람들한테 넌더리가 났다.

"언니 하는 거 나도 봤잖아. 엄마 아빠가 눈썹 하나 까딱했어? 언니가 그만 좀 꼬치꼬치 캐물으라고 몇 번을 말했어? 말해 봤자 아무 소용 없으니까 언니도 집에서 뛰쳐나갔잖아. 난 그런 거 다 싫어."

"끔찍하다는 거 알아. 그래도 그 뒤로 좀 덜하긴 했어. 물론 처음엔 귀담아듣지 않았지만 나중엔 들으셨다고."

"언니한텐 그랬지. 그런데 지금 나한텐 더 심해. 언니한테 하던 잔소리를 다 나한테만 하니까."

언니의 스무디 시위는 엄마 아빠를 상대로 한 언니의 반항 중 하나에 불과했다. 언니가 통금 시간을 어기고, 시험을 망치고, 클라리넷을 그만둔 뒤부터 부모님은 언니에 대한 기대를 접는 대신 그 기운과 기대와 걱정을 모조리 나에게 쏟았다.

언니가 머그잔을 들고 따뜻한 김을 들이마셨다.

이윽고 언니가 말했다.

"무슨 말인지는 알아. 그런데 난 지금 이러지도 저러지도 못하는 처지야. 널 억지로 데려갈 수도 없고. 네가 싫다고 하면 너를 차에 태울 방법도 없잖아. 하지만 내가 널 그냥 두고 갔는데 만에 하나라도 무슨 일이 생기면 절대 날 용서하지 못할 거야. 그리고 대학교 안은 보이는 것처럼 안전한 곳이 못 돼. 특히 해가 지고 나면."

언니가 무슨 걱정을 하고 있는지 깨닫고, 나는 해결책을 제시했다.

"맥스한테 일회용 휴대폰이 있어. 비상시에 쓰려고 준비한 거야. 내가 언니한테 연락하면 어때? 두 시간에 한 번?"

언니가 양팔로 자기 몸을 감싸며 물었다.

"다른 얘긴 안 듣겠다 이거지, 응?"

나는 질문으로 답을 대신했다.

"루비 구두 개발자 라이더 울리백 연구실이 이 학교에 있다는 거 알아?"

언니가 살짝 고개를 흔들었다.

"뭐? 정말?"

나는 머핀을 다시 한 입 베어 물었다.

"응. 루비 구두 앱이 곧 업데이트될 예정인데 그렇게 되면 지금보다 감시 기능이 더 강화될 거라는 소문이 있어. 그런데 맥스하고 내가 그 사람을 만날 방법을 알아냈단 말이야. 난 그냥 그 앱이 나를 비롯한 많은 아이들에게 무슨 짓을 저지르고 있는지 말해 주고 싶어. 울리백이 우리 말을 들으려 하지 않을지도 모르지만, 시도는 해 봐야지."

굳었던 언니의 얼굴이 누그러졌다.

"네가 왜 그렇게 매달리는지 알겠다."

언니가 한숨을 쉬고 덧붙였다.

"가. 맥스 데려와."

내가 다가가자 맥스가 자리에서 벌떡 일어났다.

"도망갈 시간이야?"

"아니, 내가 언니를 설득한 것 같아. 너 오래. 우릴 더 혼내려는 걸 수도 있고."

"재밌네."

우리가 다시 자리에 앉자, 언니가 휴대폰을 탁자 위에 올리고 말했다.

"지금 내 번호로 전화해."

맥스는 언니가 불러 주는 번호를 눌렀다. 전화벨이 울리자 언니가 전화를 끊고 연락처를 입력했다.

"제 성은 맥클래런이에요. 맥, 클, 래, 런."

"됐어. 알아."

언니가 맥스의 연락처를 '나쁜 소식'이라고 입력했다.

맥스가 코웃음을 쳤다.

"너희 다음 계획은 뭔데?"

언니의 물음에 맥스가 나를 쳐다보았다.

내가 말했다.

"우리는 이제 울리백 연구실로 갈 거야. 가 보면 알겠지. 그 다음엔 아마도 다시 도서관으로 가서 잘 거고."

맥스가 끼어들었다.

"점심도 먹고. 저녁도 먹고."

맥스가 벌써부터 점심과 저녁을 생각하고 있다는 게 이제 놀랍지도 않았다.

언니가 어디에서 먹을 거냐고 묻길래 나는 피자집이라고 했다. 그랬더니 언니가 반대했다.

"안 돼. 그냥 캠퍼스 안에 있어. 그래야 내가 너희가 어딨는 지 알지. 그리고 어둡기 전에 도서관으로 돌아왔으면 좋겠어."

언니 마음이 바뀔까 봐 내가 곧바로 답했다.

"알았어. 시키는 대로 할게."

"돈은 충분해?"

내가 솔직히 말했다.

"충분하진 않아."

언니가 지갑에서 30달러를 꺼냈다.

"자. 내 전 재산."

내가 그 돈을 받았다.

"고마워, 언니. 전부 다."

언니가 내 손을 꽉 쥐고 말했다.

"내가 원하는 건 하나야. 너를 위한 최선."

나도 언니의 손을 꽉 쥐었다.

"알아."

"다른 건 몰라도…… 그건 잊지 말아 줘."

26장

식당 밖에서 언니가 나를 안아 주고 친구들을 만나러 갔다. 맥스와 나는 울리백 연구실이 있는 공학관으로 걸음을 재촉했다.

맥스가 물었다.

"너 떨려?"

"별로. 난 우리 생각이 정답이라고 확신해."

코딩에서 내가 좋아하는 점 중 하나가 이것이다. 보통은 하나 이상의 정답이 있지만, 그중 하나라도 알면 찰칵 들어맞는 게 느껴진다.

"그런데 이 문제는 1단계에 불과해."

"넌 울리백이 왜 이런 걸 하는 것 같아? 별의별 게임이니 테스트니 하는 것들 말이야."

"모르지. 부자들도 정말 이상하고 코딩하는 사람들도 이상한 것 같아. 밸린저 선생님이나 선생님이 내는 문제들만 봐도 알 수 있잖아. 갈수록 문제가 점점 더 난해해지려나?"

"그럴 수도 있지."

말은 그렇게 했지만, 난 왠지 그게 전부가 아닐 것 같다는

168

생각이 들었다.

계단을 올라가 공학관으로 들어가는 문을 열었다. 복도에 아무도 없는 걸 보면 수업이 시작된 게 분명했다.

램 펑크 연구실에 도착한 우리는 서로를 쳐다보다 태블릿 앞에 섰다.

"넌 우리가⋯⋯."

내가 말을 끝맺기도 전에 화면이 떴다.

돌아온 걸 환영합니다. 라이더 울리백과의 면담을 원하신다면 역사상 인류가 하이픈 실수로 치르게 된 가장 큰 대가가 얼마인지를 입력하십시오. 라이더 울리백은 기계를 통한 대화를 선호하는 분이라 면담 기회는 흔치 않다는 사실을 알려 드립니다.

맥스가 말했다.

"암요, 암요."

화면 맨 위에 0에서 9까지의 숫자가 나타났다. 글자나 부호는 없었다.

내가 말했다.

"달러 기호나 쉼표는 없는 것 같다."

난 정답을 확신했지만, 막상 입력할 때가 되자 심장이 점점 두방망이질을 해 대기 시작했다.

"8000만. 0이 몇 개인지 세는 것 좀 도와줘. 잘못 입력해서

169

망치긴 싫어."

맥스가 가볍게 웃으며 말했다.

"그것도 참 아이러니하다."

나는 천천히 숫자 8을 향해 손가락을 뻗었다. 그런데 화면을 막 누르려는 찰나, 맥스가 내 손을 탁 때렸다.

내가 깜짝 놀라서 맥스를 쳐다보았다.

"왜?"

"그게 아니야."

"아니라니?"

답은 완벽했다. 정확한 비용과는 좀 차이가 있을지 몰라도 내 답은 아서 C. 클라크의 책에 나온 수치였다. 클라크는 하이픈 실수라는 말을 처음 쓴 사람이다. 정답이어야 마땅하다.

맥스가 내 손목을 붙잡았다. 내가 마음대로 답을 누르기라도 할까 봐 무서운 것 같았다.

"그쪽 화면엔 지문이 거의 없어. 지문은 전부 왼쪽이야. 왼쪽만 지문이 엄청 많잖아. 이건 우연이 아닌 것 같아."

"매번 질문이 다르니까 그렇겠지."

그런데 그 말을 하면서도 나의 뇌는 입보다 먼저 움직이고 있었다.

지문이 단순히 왼쪽에만 있는 게 아니었다. 지문은 하나같이 0과 1에만 찍혀 있었다.

라이더 올리백은 기계를 통한 대화를 선호한다.

내가 다시 맥스를 쳐다보았다.

"정답은 이진수이어야 해."

"기계어."

맥스가 내 손목을 놓고 빙긋 웃었다.

"봤지? 누가 나더러 기술 수업 시간에 딴짓한대?"

그런데 내게는 농담할 여유가 없었다. 하마터면 큰일 날 뻔했다.

"고마워."

"별말씀을.

맥스는 좀 우쭐한 얼굴이었다. 그럴 만도 했다.

"그런데 이제 어떻게 하지?"

맥스가 주머니에서 일회용 휴대폰을 꺼냈다.

"이 휴대폰으로는 이진수 변환을 할 수 없을 것 같은데."

"내 공책 좀 줘 봐."

맥스가 나에게 공책을 건넸다.

맥스가 의심쩍은 얼굴로 나에게 물었다.

"너 일일이 계산해 보려는 건 아니지? 그럼 시간이……."

"오래 걸리지. 그런데 걱정하지 마. 간단한 방법이 있으니까."

나는 바닥에 주저앉아 답을 2로 나누기 시작했다.

몇 분 만에 공책 가장자리를 따라 세로로 숫자 1과 0이 죽적혔다. 내가 각 줄을 두 번씩 확인하는 동안 맥스가 내 옆에 앉아서 물었다.

"계속 2로 나누기만 하면 되는 거야? 그게 무슨 논리야?"

"너 정말 원리를 알고 싶어?"

내가 맥스 앞으로 공책을 내밀었다.

"수를 2로 나눌 때마다 나머지를 적는 거야. 몫이 0이 될 때까지 계속. 몫이 0이 되면 지금까지 적은 나머지를 역순으로 나열하면 끝."

맥스가 공책 위의 숫자를 손으로 가리키며 물었다.

"그런데 끝에 줄줄이 달린 이 0이 정말 다 필요한 거 맞아?"

"맞아, 맥스. 숫자 0이 얼마나 중요한데. 백만장자가 그것도 몰라?"

맥스가 일어서며 말했다.

"말 되네. 그럼 이제 준비된 건가?"

나는 맥스에게 공책을 건네고 몸을 일으킨 뒤, 머리를 단단히 묶었다.

"네가 읽어, 내가 입력할게."

수를 나누는 동안 꺼져 있던 화면이 내가 톡 치자마자 곧바로 다시 켜졌다.

숫자판이 나오기 전에 화면에 나타난 문장은 이랬다.

아……. 아직 안 갔습니까?

"어떻게 프로그램을 하면 컴퓨터가 비꼬는 말을 하지?"

내가 살짝 고개를 내저으며 말했다.

"누가 안에 있는 것 같아. 항상 있는 건 아니겠지만 지금 있는 건 확실해."

"그거야 금방 알게 되겠지. 시작할까?"

내가 고개를 끄덕였다.

"1, 0, 0, 1" 하고 맥스가 읽기 시작했다.

맥스는 스물일곱 개의 숫자를 모두 읽었고, 나는 맥스가 읽은 숫자들을 빠짐없이 입력했다.

내가 마지막 0을 치는 순간, 화면이 텅 비었다. 그런데 당황할 새도 없이 찰칵 소리와 함께 잠금장치가 풀리며 문이 빼꼼 열렸다.

여자 목소리가 말했다.

"에메랄드시에 온 걸 환영한다, 얘들아."

27장

안으로 들어서자마자 나는 울리백의 연구실에 마음을 빼앗겼다. 강이 내려다보이는 창 아래로 하얗게 반짝이는 긴 책상이 놓여 있었다. 서서 쓰는 책상이었다. 전망을 가리지 않는 위치에 세심하게 자리 잡은 대형 모니터 두 대도 보였다. 한쪽 벽면을 따라 자리한 선반 위로는 게임과 장난감, 밝은색 상자들이 놓여 있었다. 그 반대쪽 벽은 전체가 화이트보드였다. 세로로는 바닥에서 천장까지, 가로로는 창문에서 문까지 이어진 거대한 크기였다. 화이트보드는 파란색, 초록색, 보라색 사인펜으로 줄줄이 쓴 코드로 도배돼 있었다.

나는 화이트보드를 향해 다가갔다. 나도 쓸 수 있음 직한 익숙한 코드도 있었지만, 난생처음 보는 코드가 대다수였다.

내가 속삭이듯 물었다.

"이게 뭐예요?"

어떤 목소리가 "새 코딩 언어." 하고 답하는 것을 듣고서야 나는 이 방에 나 혼자가 아니라는 사실을 기억해 냈다.

그리고 맥스의 이 말을 듣고서야 내가 손님이라는 사실도 기억해 냈다.

"어…… 코딩 소녀…… 우리 인사부터?"

나는 민망해하며 화이트보드에서 몸을 돌렸다. 내가 라이더 울리백의 비서에게 어떤 모습을 기대하고 있었는지는 몰라도 검은색 원피스 위로 미끈한 은빛 스웨터를 겹쳐 입고, 은백색 단발에, 보라색 안경을 쓴 이 자신감 넘치는 여성과 같은 모습이 아니었던 것만큼은 확실했다. 비서가 신은 무릎까지 오는 굽 높은 보라색 부츠엔 좌우로 꽃무늬가 길게 수놓아져 있었다. 텔리아 언니가 봤다면 저 부츠를 손에 넣기 위해 무슨 짓도 마다하지 않았을 것이다.

비서가 말했다.

"울리백은 몇 가지 다른 언어를 사용하는데, 여기 적혀 있는 코딩 언어가 읽고 쓰기 쉽다고 하서."

내가 동의했다.

"모든 게 명확하네요."

화이트보드에 적힌 내용을 다 아는 건 아니었지만, 이런 식으로 작성된 코드는 다른 사람도 이해하기가 더 쉽다는 건 알 수 있었다.

비서가 눈을 깜빡였다.

"넌 재밌을 것도 같네. 나는 울리백의 비서, 로리엘 케이디 크로우브란다. 편하게 '로리엘'이라고 부르렴."

"어, 어른을 그렇게 부르면 부모님이 좋아하지 않으실 거예요. 예의를 중요시하는 편이시라."

"음. 그럼 크로우브 선생님이라고 하든지."

"라이더 울리백은 여기에 있나요?"

크로우브 선생님이 눈썹을 치켜올렸다.

"울리백 선생님을 말하는 건가?"

"네, 물론이죠."

그렇게 말하긴 했지만 라이더 울리백은 진짜 어른처럼 여겨지지 않았다.

맥스가 한 손을 내밀며 인사했다.

"안녕하세요. 저는 맥스 맥클래런입니다."

크로우브 선생님이 말했다.

"기억나."

맥스가 슬그머니 손을 내렸다.

"내가 너희 아버지, 맥클래런 주니어와 체스를 뒀지?"

"우리 아빠를 정말 그렇게 부르셨나요?"

"체스를 둘 때는 항상 체스판이 아니라 상대방을 공략해야 하는 법이란다."

크로우브 선생님이 다시 나에게로 돌아섰다.

맥스가 나를 소개했다.

"얘는 애버릴 프라이예요."

나는 손을 흔들어 인사했다. 아까 보니 악수는 반응이 그다지 좋지 않았기 때문이다.

"안녕하세요."

크로우브 선생님이 고개를 끄덕였다.

"소개가 끝났으니 간식을 좀 대접해야겠지."

왠지 내가 프로그램에 도입된 하나의 변수가 된 기분이다. 조건이 방문객이면, 결과는 소개와 간식이다. 크로우브 선생님이 진짜 인간인지 팔을 만져 보고 싶은 유혹을 느꼈다.

맥스도 나와 비슷한 생각을 했던 게 틀림없다. 크로우브 선생님이 책상 밑의 미니 냉장고 쪽으로 몸을 돌리자마자 맥스가 나에게 속삭였다.

"라이더 울리백이 로봇 비서를 만든 것 같지 않아?"

내가 조용히 하라며 눈치를 주었지만, 크로우브 선생님이 몸을 돌리며 말했다.

"네 가설이 진실보다 약간 더 황당하긴 하구나. 마음껏 먹으렴."

크로우브 선생님이 냉장고를 가리켰다. 냉장고는 3단이었다. 첫째 칸은 다이어트 크림소다 미니 캔 차지였다. 두 번째 칸에는 각각 다른 치즈로 채워진 플라스틱 통 세 개가 있었다. 내가 예의상 크림소다 캔 하나와 베이비벨 치즈 한 개를 집었다. 난 베이비벨 치즈의 말랑말랑한 빨간색 껍질을 만지고 노는 걸 좋아한다. 맥스는 통마다 하나씩, 총 세 개의 치즈를 집었다. 맨 아래 칸에는 귤이 한 그릇 놓여 있었다.

맥스가 물었다.

"크래커는 없나요?"

나는 맥스의 옆구리를 쿡 찔렀다. 아침 먹은 지 얼마 되지도 않은 시간에 먹을거리 앞에서 정신을 못 차리는 맥스 때문에 있던 호감도 뚝 떨어질 게 분명했기 때문이다.

"왜?" 하고 맥스가 입 모양으로 물었다.

크로우브 선생님이 못마땅한 목소리로 말했다.

"연구실에 부스러기가 생기는 음식은 허용되지 않아."

내가 대신 말했다.

"잘 먹겠습니다. 이거면 충분해요."

연구실 중앙엔 하얀색 원형 탁자가 놓여 있었다. 탁자 위에도 수성펜으로 쓴 메모가 가득했다. 나는 탁자 주변에 놓인 초록색 플라스틱 의자 중 하나에 앉았다. 생각보다 의자가 편해서 놀랐고, 크림소다 맛에 또다시 놀랐다. 톡 쏘는 맛이 빠진 루트비어* 맛이랄까.

———
*식물 뿌리나 열매의 즙에 설탕, 탄산수 등을 섞어 만든 음료.

맥스는 의자에 앉는 대신 연구실 한쪽 구석으로 어슬렁어슬렁 걸었다. 선반 한쪽에는 초록색 벨벳 커튼이 드리워져 있었다. 커튼은 그 너머 모퉁이를 가려 주었다.

크로우브 선생님이 헛기침을 했다.

맥스가 뒤로 물러났다.

"저건……."

"맞아, 커튼 뒤에 울리백의 연구실로 들어가는 문이 있어."

"좀 뻔한 거 아닌가요?"

크로우브 선생님이 빙긋 웃었다.

"울리백은 옛날부터 극적인 걸 추구하는 편이라. 자, 이제 울리백을 보고 싶은 이유가 뭔지 얘기해 볼래? 단순히 도전하고 싶은 거니? 그런 사람 많거든. 그런 사람들은 내가 낸 문제가 대부분 걸러 주긴 하지만."

내가 답했다.

"아뇨. 단순한 도전이 아니에요."

내가 맥스를 쳐다보았다. 내 임무는 우리를 이 방 안에 들어오게 만드는 것이었다. 설득은 이제 맥스의 몫이다.

"루비 구두 새 업데이트 때문이에요. 계획대로 업데이트가 되면, 아이들이 어떤 상황에 놓이는지 울리백이 잘 모르는 것 같아서요. 우리는 울리백이 그걸 제대로 알았으면 좋겠어요."

맥스는 크로우브 선생님 같은 사람한테는 돌려서 말할 필요가 없다는 결론을 내린 것 같았다.

"아이들이 어떤 상황에 놓이는데?"

맥스가 초록색 커튼 쪽을 흘긋거리며 대답을 망설였다.

"나한테 말하는 게 의미가 있나 고민하는 거라면, 망설일 필요 없어. 내가 장담해. 나를 설득하지 못하면 울리백도 설득 못 해. 그리고 나를 상대로 미리 연습할 기회를 포기하지 마."

맥스가 나와 크로우브 선생님 사이에 놓인 초록색 의자에 앉았다.

"저희 부모님들은 하나부터 열까지 저희의 모든 일상을 감시해요. 전 다음 달이면 만으로 열세 살인데 길만 많이 건너도 엄마 휴대폰에 경고가 떠요. 하다못해 내 방에만 너무 오래 있어도 경고가 떠요. 수업에 늦게 들어가면 아빠한테 경고가 떠요. 등교 시간이 아니라 수업 시간에만 늦어도요. 지금도 난 자식이라기보다 꼭두각시 같은 기분이라고요. 거기에 카메라와 마이크까지 추가되면 지금보다 백배는 심해질 거라고요."

크로우브 선생님이 나에게로 몸을 돌렸다.

"너도 같은 기분이니?"

나는 고개를 끄덕였다.

"항상 나를 감시하는 사람이 있으니까요."

"그럼 문제는 그거구나…… 감시?"

우리가 한목소리로 외쳤다.

"네!"

선생님이 일어났고 우리는 기대에 차 서로를 쳐다보았다. 울리백을 데리러 가는 걸까? 우리가 해낸 걸까?

그런데 크로우브 선생님은 커튼 쪽으로 움직이는 대신 모니터 앞 키보드로 다가가 몇 가지 명령어를 입력하더니 돌아서서 책상에 기대고 섰다.

영문을 파악할 새도 없이 램 펑크 연구실 문 태블릿 앞에서 휘둥그레진 눈을 한 내 얼굴과 그런 내 어깨 너머로 태블릿을 들여다보고 있는 맥스의 얼굴이 모니터를 가득 채웠다. 이런 걸 왜 보여 주는지 어리둥절해하고 있던 그때, 두 개의 모니터 위로 새로운 사진들이 휙휙 지나가기 시작했다.

아이스크림 사 먹을 돈을 준 노부부와 대화하는 우리 둘.

얼굴에 초콜릿을 묻히고 아이스크림을 먹는 맥스.

초록색 운동화로 돌멩이를 차는 나.

도서관으로 들어가는 우리 둘, 도서관 비상계단의 우리 둘, 방금 전 연구실 문 앞의 우리 둘, 그리고 마지막으로 지금 이 순간 탁자 앞에 앉은 우리 둘.

나는 손에 쥔 빨간색 치즈 껍질에서 화면 속 치즈 껍질로 눈을 돌렸다. 맥스가 가리켰던 캠퍼스 곳곳에 세워진 카메라들이 떠올랐다.

"너희는 항상 감시당하고 있어. 울리백의 앱 같은 건 문제도 아니야."

소름이 끼쳐서 내가 당장 따져 물었다.

"이 사진들은 왜 다 가지고 있는 건데요?"

"캠퍼스 보안. 48시간 후면 자동 삭제되지만 만일의 경우에 대비해……"

맥스가 말을 잘랐다.

"이건 그거와는 다르죠. 이게 옳다는 소리는 아니지만, 설령 옳다고 해도 이건 우리 부모님이 우리를 감시하는 것과는 다르죠."

크로우브 선생님이 답을 하는 대신 나를 쳐다보았다.

내가 조용히 말했다.

"맥스 말이 맞아요. 선생님은 이 모든 사진을 찍었고……"

"내가 찍은 게 아니야. 대학교에서 찍은 거지. 난 찍은 사진을 찾아낸 것뿐이고."

"좋아요. 그런데 누가 찍었든 그건 우리를 아무것도 못 하게 막기 위한 목적은 아니잖아요."

크로우브 선생님이 상냥하게 웃음을 지으며 말했다.

"듣고 보니 문제는 너희 부모님한테 있는 것 같네. 루비 구두가 아니라."

맥스가 따졌다.

"아뇨, 그 앱이 문제예요. 앱이 너무 강력하다고요. 우리가 실수를 한다고 세상이 끝나는 건 아니잖아요. 우리는 어린애들이에요. 우리는 실수를 하면서 커야 돼요. 그런데 부모님들이 이 앱을 쓰는 한 우린 절대 그 기회를 가질 수가 없어요. 라이더 울리백은 루비 구두가 세상에 미치는 영향을 중요하게 생각한다고 했어요. 우리는 직접 울리백을 만나고 싶은 것뿐이라고요."

크로우브 선생님이 의자에 등을 기댔다.

"내가 너희한테 그 기회를 준다고 치자. 네 아버지도 실패했는데 네가 울리백을 만날 수 있다고 자신하는 이유는?"

맥스가 활짝 웃었다.

"왜냐하면 아버지는 저하고 같이 왔지만…… 저는 얘하고 같이 왔으니까요."

28장

맥스와 나는 선반을 뒤지며 바구니 안의 내용물을 살피는 크로우브 선생님을 지켜보았다. 우리에게 어떤 문제를 내려는 걸까. 다른 건 몰라도 체스를 둘 일은 없을 것 같았다.

마침내 크로우브 선생님이 유리구슬이 담긴 유리병을 모아 놓은 바구니를 탁자에 올렸다. 병마다 같은 색 구슬이 4분의 1쯤 채워져 있었다.

크로우브 선생님이 물었다.

"그럼 이 문제는 너희 둘이 함께 풀겠다는 거지? 우리는 하나다?"

맥스와 나는 서로를 쳐다보며 "네." 하고 답했다.

"보기 드문 경우네."

내가 물었다.

"선생님하고 울리백도 한 팀이 아닌가요?"

"흠. 나는 '팀'을 어떻게 설명해야 좋을지 모르겠는데."

내가 어리둥절한 표정을 짓자, 선생님이 덧붙였다.

"사실 난 상당히 자율적인 사람이야."

맥스가 물었다.

"그게 무슨 말씀이세요?"

기술 수업 시간을 떠올리며 내가 대신 답했다.

"독립적이라고. 스스로 작동이 가능하다."

크로우브 선생님이 생긋 웃었다.

"바로 그거야."

맥스가 바구니를 손짓하며 말했다.

"아니 자율적이라면서 이건 왜요? 온갖 게임에, 문제에. 울리백하고 만나게 해 줄 사람을 왜 그냥 정하지 않으세요? 이런 걸 하려면 시간이 엄청 오래 걸리지 않나요?"

"음. 낭비되어도 그건 내 시간이지."

"하지만 그 시간에 다른 일을 할 수도 있을 거잖아요."

크로우브 선생님이 파란색 구슬이 든 병을 집어 들고 흔들더니 다시 탁자에 내려놓았다.

"이건 좋은 연습이야. 코딩 전문가를 뽑는 기술 면접이 이것과 비슷하거든."

"저희한테 일을 시키실 건가요?"

내가 기대에 차서 물었다. 이 연구실에서라면 그 어떤 일이라도 일어날 수 있을 것 같았다.

크로우브 선생님이 웃을 듯 말 듯 오묘한 표정으로 입술을 씰룩였다.

"두고 보면 알겠지. 이쪽 분야에는 젊은 여자들이 많지 않아서. 잘 설계된 코딩 언어를 식별하고 쓸 줄 아는 사람은 더더욱."

"그 말은 우리를 라이더 울리백에게 소개시켜 주시겠다는 건가요?"

선생님이 웃으며 고개를 저었다.

"울리백은 바쁜 사람이야. 그리고 다른 많은 개발자들처럼 울리백도 혼자 일하는 걸 좋아해. 사소할지라도…… 이런 장애물을 두면…… 방해받는 일이 줄어들겠지. 간단히 싫다고 거절하는 것과는 다르게 이런 장치를 두면 신비스러움을 심어 줄 수도 있고."

맥스가 되물었다.

"신비스러움이요?"

"음. 너 '텐엑스(10X) 개발자'가 무슨 뜻인지 알아?"

맥스가 나를 쳐다보았다.

"다른 개발자들보다 열 배 더 능력 있는 사람."

내 말에 크로우브 선생님이 고개를 끄덕였다.

맥스가 다시 물었다.

"그건 누가 결정하는데요?"

크로우브 선생님이 쓴웃음을 지었다.

"다른 개발자들이지. 그리고…… 아, 컴퓨터에 명령어만 잘 쓴다고 되는 게 아니라 그 사람의 분위기도 중요해. 조금 괴짜로 여겨지는 게 도움이 되는 것도 그래서고."

맥스가 물었다.

"정말요? 왜요?"

내가 대신 답했다.

"보통은 좀 특이한 사람이 일도 잘할 거라고 생각하니까."

타일러를 유난히 싸고도는 밸린저 선생님이 떠올랐다. 타일러는 팔에다 프로그래밍 언어를 적고, 맨날 똑같은 옷만 입고 다닌다.

내가 화이트보드로 눈을 돌리며 물었다.

"선생님은요? 선생님도 코딩을 하세요?"

크로우브 선생님이 답했다.

"나는 텐엑스 개발자는 아니야."

나는 선생님에게서 눈을 떼지 않았다. 내 질문에 대한 정확한 답이 아니었기 때문이다.

"아주 오래전 이 업계에서 일한 적 있어. 울리백과도 그렇게 만났고."

"왜 그만두셨어요?"

나는 울리백이 거절할 수 없는 제안을 했다거나 예전부터 대학교 캠퍼스에서 일하고 싶었다는 대답을 기대했다.

선생님이 조금 서글픈 눈으로 나를 쳐다보았다.

"여러 가지가 있지만 '너무 예뻐서 코딩은 못 하겠다는 말을 듣는 게 지겨워서'라고 해 두자."

안타깝게도 나는 그 답이 전혀 놀랍지 않았다.

여자도 뭐든지 할 수 있다고 여겨지는 시대고, 내가 듣는 고급 수학 교실에도 여학생이 아주 많은 게 사실이지만, 기술 수업 교실에서만큼은 내가 있을 자리라고 편하게 생각한 적이 한 번도 없었다.

맥스가 안타까워하며 말했다.

"너무하네요."

크로우브 선생님이 말했다.

"그렇게 말해 주니 고맙구나. 내가 여기서 울리백하고 일하는 이유 중 하나가 그거야. 그런 헛소리 들을 일이 적으니까. 울리백과 내 얘기는 이쯤에서 그만하자. 바구니에는 유리병이 열 개고, 병마다 구슬이 열 개씩 들어 있어. 구슬은 동일하게 하나에 10그램씩이야. 한 가지 색깔만 빼고. 그 색깔은 하나에 11그램. 너희는 그게 어느 색인지 알아맞히면 돼."

맥스가 물었다.

"어떻게요?"

"선반에 전자저울이 있어. 저울은 한 번만 사용해야 돼. 저울을 두 번 쓰면 탈락. 제한 시간은 15분."

선생님은 컴퓨터의 타이머를 작동시키고 우리와 반대쪽으로 돌아섰다.

"내 공책 좀 다시 줄래?"

목소리 끝이 갈라졌다. 예나 지금이나 시간제한이 있는 문제는 질색이다. 정해진 시간 안에 풀어야 한다는 압박감 탓에 뇌가 제대로 작동하지 않았다. 그렇지만 크로우브 선생님 입장에서도 우리를 한없이 연구실에 있게 둘 수는 없는 노릇일 테다.

맥스가 나에게 공책을 건넸다. 나는 깨끗한 쪽으로 공책을 넘기고 유리병 스케치를 시작했다.

예전에도 비슷한 문제를 풀어 보긴 했지만, 양쪽에 유리병을 올릴 수 있는 평형 저울이 주어진 경우가 대부분이었다. 저울을 한 번만 써서 풀으라는 문제는 한 번도 접해 본 적이 없었다.

저울에 유리병 아홉 개를 올리면……. 소용없는 일이다. 천운이 따른다면 모를까. 그런 방법은 생각하지 않는 게 좋다.

모두의 기대 탓에 마음이 무거워졌다. 맥스가 나에게 같이 가자고 부탁했던 이유도 바로 이런 문제를 해결해야 했기 때문이었고, 크로우브 선생님을 실망시키고 싶지도 않았다.

저울에 유리병 다섯 개를 올리면 범위를 좁힐 수는 있었다. 저울에 올린 쪽과 올리지 않은 쪽 중에서 더 무거운 유리병이 어느 쪽에 있는지 확인이 가능했다. 그렇지만 다시 저울을 쓸 기회가 없는데 그게 무슨 소용이람? 가짜 동전을 식별하는 문제를 풀었던 옛 기억을 떠올리기 위해 머리를 쥐어짰다. 지금 이 문제와 비슷한 문제였다.

힐긋 내 뒤의 모니터를 확인했다. 13분. 다시 구슬 바구니 쪽으로 몸을 돌렸다. 시계는 잊고 방법을 찾는 데에만 머리를 써야 한다. 난 풀 수 있다. 하나로 묶은 머리로 손이 움직였다. 하지만 잡을 리본이 없었다.

"야." 하고 맥스가 나를 불렀다.

고개를 들면서도 방해를 받아서 슬며시 짜증이 일었다.

"자."

맥스가 배낭에 달린 작은 주머니에서 잃어버린 내 빨간 리본을 꺼냈다.

그 무엇보다 간절했던 물건이 눈앞에 나타나자, 내가 깜짝 놀란 얼굴로 맥스를 쳐다보았다.

"네가 수업 중에 떨어뜨렸어. 돌려주려고 가지고 있었어."

"고마워."

손가락에 리본을 둘둘 감자, 몸이 차분해졌다. 가벼운 손놀림 덕분인지 정신을 온전히 문제 해결에만 집중할 수 있었다. 먼저 내가 아는 내용부터 공책에 적어 내려가기 시작했다. 오래전부터 몸에 밴 습관이었다. 열 개의 병에 열 개의 구슬. 그중 병 아홉 개는 각각 100그램씩. 더하기 유리병의 무게. 나머지 하나는 110그램. 이게 도움이 될까? 방법은 모르겠지만 아무튼 그렇게 적었다. 공책은 내가 계속 앞으로 나아갈 수 있도록 조각조각 흩어진 생각을 한곳에 모아 주었다.

맥스가 물었다.

"유리병이 열리려나? 손에 구슬을 쥐면 무게감이 느껴질 거야. 무겁게 느껴지는 구슬을 저울에 올려서 확인하면 어때?"

유리병 하나를 집어 뚜껑을 열어 기울이니, 주황색 구슬이 손바닥에 쏟아졌다. 손가락을 꼼지락거리자, 차고 매끄러운 구슬이 느껴졌다. 구슬들이 달그락 소리를 내며 부딪쳤다. 맥스가 파란 구슬이 든 병을 열어 살짝 기울인 채로 들고서 내가 반대쪽 손을 가져다 대기를 기다렸다.

나는 고개를 저었다.

"이 방법은 아니야. 어림짐작으로 풀 수 있는 문제를 만드는 개발자는 없어."

"미안."

"아니야. 그래도 좋은 시도였어."

내가 손에 있던 구슬을 다시 유리병 속에 담았다.

"덕분에 몰랐던 걸 알게 됐잖아."

나는 공책에 "유리병을 연다."고 적었다. 그런 다음 새끼손
가락에 리본을 감으며 지금까지 적은 내용을 다시 한번 읽어
보았다. 그러다 어느 순간 갑자기 길이 보였다.

시계를 확인했다. 5분. 5분이면 족했다.

내가 공책과 펜을 맥스 쪽으로 밀었다.

"적어."

"뭘?"

맥스는 당황한 얼굴이었지만 난 초집중 상태였다.

"색깔을 하나씩 적어. 공책 한쪽에 위에서부터 아래로 쭉."

맥스가 기록하는 사이, 나는 파란색과 주황색 구슬이 든 병
을 내 쪽으로 끌어왔다. 파란색 구슬을 한 개만 빼고 다 꺼내
주황색 구슬이 든 병에 넣었다.

"주황색 옆에 10, 파란색 옆에 9라고 적어."

우리는 계속해서 같은 방식으로 구슬을 옮겼다. 나는 첫 번
째 병에 노란색 구슬 8개, 빨간색 구슬 7개, 초록색 구슬 6개,
보라색 구슬 5개, 하얀색 구슬 4개, 검은색 구슬 3개, 회색 구
슬 2개, 분홍색 구슬 1개를 넣었다. 첫 번째 병이 구슬로 가득

찼다. 병은 정확히 이만큼만 들어갈 수 있는 크기였다. 나는 잘하고 있었다.

방을 둘러보다 선반 위 커피 메이커 옆에서 빈 머그잔들을 발견하고 그쪽으로 달려갔다.

내가 두꺼운 하얀색 머그잔 하나를 집으며 물었다.

"이것 좀 써도 돼요?"

화이트보드 앞에 서 있던 크로우브 선생님이 맥스의 어깨 너머로 나를 힐긋 보더니 고개를 끄덕였다.

나는 머그잔을 저울로 가져와 중앙에 올린 뒤 머그잔의 무게가 포함되지 않게 버튼을 눌러 저울의 숫자를 0으로 초기화시켰다.

"맥스? 빨리 구슬들 좀……."

"죄다 섞어 놓은 병?"

내가 발끝으로 통통 뛰며 말했다.

"응."

맥스가 그 병을 가져오자, 내가 말했다.

"머그잔에 쏟아."

맥스가 구슬을 쏟자, 전자저울의 숫자가 천천히 올라가기 시작했다. 마지막 구슬을 쏟자, 숫자가 556에서 멈췄다.

내가 물었다.

"뭐가 6이야?"

맥스는 멍한 얼굴이었다.

"6이 뭐?"

나는 안달이 나서 양팔을 파닥거렸다.

"어느 구슬, 우리가 어느 구슬을 여섯 개 넣었냐고?"

"아!"

맥스가 내 공책을 들여다보았다.

"초록색."

내가 크로우브 선생님을 보고 말했다.

"초록색이요. 초록색 구슬이 11그램이에요."

선생님이 맥스에게로 돌아섰다.

"너도 같은 생각이니?"

맥스가 나에게서 눈을 떼지 않은 채로 답했다.

"당연하죠."

29장

크로우브 선생님은 내 답을 듣고 빙긋 웃었다. 하지만 이내 입술을 앙다물었다.

혹시 내가 뭘 잘못했나? 아니다, 난 굳이 정답을 확인받을 필요가 없었다. 나는 머그잔에 담았던 구슬을 유리병에 우르르 쏟은 뒤, 초록색 구슬 한 개만 손에 쥐었다.

그런 다음 머그잔을 다시 저울 위에 올리고 저울을 초기화시킨 뒤, 쥐고 있던 초록색 구슬을 떨어뜨렸다.

11.

맥스가 물었다.

"이제 라이더 울리백을 만나 볼 수 있나요?"

크로우브 선생님은 팔짱을 꼈다.

"아직 다 안 끝났어. 어떻게 풀었는지 네가 설명해 주겠니?"

마음속에서 화르르 분노가 치밀었다. 선생님은 지금 마음대로 규칙을 바꾸고 있다. 맥스가 설명해야 된다는 사실을 알았다면 맥스가 이해할 수 있게 확실히 말해 주었을 것이다.

맥스가 양손을 주머니에 찔러 넣으며 말했다.

"그쯤이야. 애버릴이 10그램짜리 구슬을 아무리 많이 넣어도 그 무게는 10의 배수가 될 거예요. 그런데 11그램짜리가 들어가면 달라져요. 11그램짜리 6개는 66, 4개는 44, 두 개는 22. 그러니까 마지막 숫자는 구슬의 색깔을 말해 주는 거겠죠. 게다가 우리가 들어올 때 선생님이 에메랄드시에 온 걸 환영한다고 하셨잖아요. 그 특별한 구슬은 초록색일 수밖에요, 안 그래요?"

내가 안도하며 말했다.

"잘했어, 맥스."

크로우브 선생님은 아무런 감정도 드러내지 않았다.

"좋아. 너희는 문제를 풀었어. 그 답례로 내가 루비 구두에 대한 너희의 걱정을 울리백에게 전할게. 이메일 주소를 적고 가. 그럼 내가 울리백의 답을 메일로 보내 줄게."

맥스가 따졌다.

"네? 그럴 순 없죠."

맥스가 주머니에서 손을 뺐다. 지금까지 여유로웠던 모습은 온데간데없었다.

"우리는 선생님 규칙대로 했어요. 우리가 이겼잖아요."

크로우브 선생님이 몸을 일으키며 말했다.

"미안하구나. 그게 나의 마지막 결정이야."

나는 지금 상황을 이해할 수 없었다.

"제가 '재밌을 것도 같다.'면서요? 전 우리가 통과한 줄 알았는데요?"

"너는 재밌는 아이 맞아. 그렇다고 아이들을 만나기 위해 울리백이 모든 계획을 접는 건 어렵지 않겠니?"

그 말을 듣고 나는 얼굴이 일그러졌지만 맥스는 포기하지 않았다.

"처음 들어오라고 했을 때부터 우리가 몇 살인지 아셨잖아요. 왜 우리가 울리백을 볼 수 있을지도 모른다고 기대하게 만드신 건데요?"

"너희에겐 남은 평생 동안 나눌 재밌는 이야깃거리가 생겼고, 난 따분한 하루에 잠깐의 휴식을 취한 셈이랄까."

연구실을 가로지른 크로우브 선생님이 문을 활짝 열고 말했다.

"잘 가렴."

30장

눈앞에서 연구실 문이 닫혔지만, 난 그 자리를 떠나지 못했다. 문만 뚫어져라 쳐다보며 방금 전 상황을 이해해 보려고 노력했다.

우리는 문제에 정확히 답했다. 내가 놓친 게 있었나?

잠시 후 맥스가 내 어깨에 손을 얹고 나를 돌려세웠다. 우리는 나란히 밖으로 나왔다. 나 혼자 조용히 생각할 시간을 가질 수 있게 잠자코 기다려 준 맥스가 고마웠다.

우리는 물가로 이어지는 어제 그 계단 쪽으로 걸었다. 그때가 까마득하게만 느껴졌다.

회색빛 구름과 불어오는 바람에 캠퍼스 안을 감돌던 마법 같은 느낌은 온데간데없이 어제보다 쌀쌀한 느낌마저 들었다. 나는 후드 집업의 지퍼를 채우고 양손을 주머니에 넣어 리본을 찾았다. 그리고 리본을 꺼내 머리를 묶었다.

"리본 고마워. 이게 없었으면 시간 내에 문제를 풀지 못했을 거야."

맥스가 빙긋 웃었다.

"그렇다면 내가 갖고 있어서 다행이야."

내가 강에 돌멩이를 던지며 말했다.

"이제 그건 하나도 안 중요해. 크로우브 선생님은 왜 문제를 낸 거야? 왜 우리를 들여보내고?"

"내가 짐작하는 걸 말할까?"

"말해 봐."

"내 생각엔 라이더 울리백하고 말해 본 사람은 한 명도 없는 것 같아. 그 선생님이 거기서 다 막는 거지."

내가 다시 물었다.

"아니 왜?"

언니나 엄마가 세상으로부터 원하는 바를 내가 항상 이해할 수 있는 건 아니었다. 그래도 근본적인 알고리즘, 다시 말해 언니와 엄마의 행동이나 결정을 지배하는 근본적인 원칙이나 패턴은 눈곱만큼이나마 알아낼 수 있었다. 그런데 라이더 울리백이 이 모든 것을 설정한 방식은…… *최적화된* 방식과는 거리가 멀었다. 개발자로서는 얼토당토않은 방식이었다.

"울리백의 방식이 먹히는 이유에 대해 크로우브 선생님이 했던 말은 사실인 것 같아. 사람들은 울리백이 괴짜라는 걸 좋아해. 그래서 그가 하는 이상한 행동을 기꺼이 받아 주는 거야. 그리고 우리더러 재밌는 이야깃거리가 생겼다고 했잖아. 우리가 여기저기 자랑하고 다닐 테니까 울리백으로선 공짜로 광고를 하는 거나 마찬가지지."

"오히려 사람들을 화나게 만들 것 같은데. 기술 개발 회사가 중요하게 생각하는 건 결국 이용자들의 주머니를 열게 만드는 거 아니야? 이런 식으로 장난을 치면 누가 좋아하겠어."

"음, 문제를 풀지도 못하는 사람이 대부분일 텐데 뭐."

맥스가 팔꿈치를 머리에 대고 몸을 뒤로 젖히며 양발을 앞으로 쭉 뻗었다.

"크로우브 선생님이 사람들을 가리는 데 그렇게 오랜 시간을 쏟는 덴 이유가 있는 거야. 울리백과 만날 확률이 높은 것처럼 느끼게끔 해 놓고, 결국 울리백을 만나기엔 턱없이 부족한 사람이라는 기분이 들게 만들어서 스스로 포기하길 바라는 거지. 우리 아빠한테도 그랬어. 체스에서 지니까 아빠는 창피해했어. 울리백도 아니고 그 비서한테 졌으니까. 솔직히 말하면 그것도 여자한테."

맥스가 살짝 얼굴을 구기며 말을 이었다.

"그래서 아빠는 그냥 그 자리를 떠나 잊어버리고 싶어 했어. 그런데 정반대로 나중에 울리백한테 아빠가 필요해진다고 치자."

"이를테면 돈 때문에?"

"응. 이를테면 돈 때문에. 크로우브 선생님이 아빠를 다시 불러 놓고 1년이 됐든 그 이상이 됐든 아무튼 아빠가 지금까지 자기를 찾아온 손님 중에서 최고였다고 치켜세우는 거야. 그럼 갑자기 아빠는 울리백에게 투자하는 게 영광으로 느껴질 거 아냐."

"일리가 있네. 너 똑똑하다."

맥스가 고개를 저었다.

"너만큼이야 하겠냐."

"음, 우린 저마다 똑똑한 분야가 다를 뿐이야. 나는 우리가 연구실 안까지 들어갔다는 사실만으로도 기뻐. 연구실 끝내주더라."

크로우브 선생님과 이야기를 나누고 나니 이 세계에서의 나의 미래가 조금 더 확실하게 그려지는 느낌이 들었다.

맥스가 주머니에서 작은 명함 한 장을 꺼냈다.

"자. 기념품 삼아 가져."

담녹색 명함에는 클래리언 대학교의 로고와 함께 램 펑크 연구실의 로고도 찍혀 있었다. 명함 중앙의 **루비 구두 앱 개발자. 라이더 울리백**이라는 문구 아래에 비서인 **로리엘 케이디 크로우브**의 이름도 적혀 있었다. 우리의 모험을 기억하기 위한 완벽한 기념품이었다.

"내 공책 좀 줄래? 잃어버릴까 봐 걱정돼서."

나는 맥스가 구슬 색깔을 적었던 쪽을 펼쳐 명함을 끼운 뒤 맥스에게로 눈을 돌렸다.

"다음은?"

맥스가 겸연쩍은 웃음을 지으며 답했다.

"점심?"

31장

"중국 음식 어때? 어제저녁에 내가 시내에서 패스트푸드 중국집 하나 봐 둔 곳이 있는데."

주머니에 있는 언니가 준 돈을 생각하니 예산을 너무 빡빡하게 잡지 않아도 될 것 같았다.

맥스가 눈을 치떴다.

"너희 언니가 학교 밖으로 나가지 말랬다며."

내가 어깨를 으쓱했다. 크로우브 선생님한테 배신을 당하고 나니, 남들이 나한테 이래라저래라 하는 게 지겨워졌다.

"언니가 어떻게 알아. 그리고 아직 낮인데 뭐."

맥스가 씩 웃었다.

"반항적인 구석이 있어. 그 점 마음에 든다."

우리는 길을 건너 시내로 걸어가, 브로콜리를 곁들인 쇠고기 요리와 껍질 콩을 곁들인 닭고기 요리를 먹었다. 식사 후에는 편의점에 들러 초코바 하나를 사서 디저트로 나눠 먹기로 했다.

맥스가 초코바를 반으로 쪼개어, 한 쪽을 나에게 건넸다.

"도서관으로 돌아갈까?"

"좋아."

우리는 캠퍼스를 가로지르는 내내 말없이 걷기만 했다. 라이더 울리백과 만나기 위해, 우리가 시도할 만한 마지막 방법이 뭐가 있을까. 우리에게는 시간이 많지 않았다. 집으로 돌아가기까지 앞으로 48시간. 그 이후 루비 구두가 업데이트되고 나에게 주어진 눈곱만큼의 자유마저 빼앗기기까지 남은 시간이 얼마나 될지는 아무도 모르는 일이었다.

도서관으로 돌아온 우리는 다시 어린이 열람실에 가 보기로 했다. 이번에는 진짜로 책꽂이를 열심히 훑었다. 맥스는 내 이름의 역사가 궁금하다며《빨간 머리 앤》을 집었다가, 3권까지 읽어야 나온다는 내 말을 듣더니 대신 스파이를 주인공으로 한 그래픽 노블을 골랐다.

나는《오즈의 마법사》를 발견하고 그 책을 읽기로 했다. 내 책은 사물함에 넣어 둔 배낭 속에 있었다. 어쩌면 이 책을 통해 크로우브 선생님을 설득해 울리백과의 만남을 성사시킬 방법을 찾을 수 있을지도 모른다. 울리백에게《오즈의 마법사》가 중요한 책인 것만큼은 확실하다.

나무 집 다락방으로 올라간 우리는 빈백 두 개가 놓인 구석에 자리를 잡고 앉았다. 초록색 천으로 만들어진 나뭇잎이 뒤덮인 지붕은 둘 다 일어서면 머리가 닿을 정도로 낮았지만,

나뭇잎 사이로 빛이 들어와 어둡지는 않았다.

초록색 빈백에 털썩 주저앉았다. 내 몸에 맞게 빈백의 모양이 잡혔다. 빈백에 등을 대고 눈을 감았다. 맥스가 자기 빈백을 내 옆으로 조금 더 가까이 끌어왔다. 한쪽 발이 내 발에 닿길래 내가 살짝 밀어냈다.

얼마 뒤 맥스가 말했다.

"그 자세로 읽으려면 힘들겠다."

"여기서 자도 되나."

"어쩌면. 우리 올라오는 거 본 사람이 없다면. 밑에서는 보이지 않을 것 같고 올라와서 확인하진 않을 거야."

잠자리 문제는 잠시 내려놓기로 하고 다시 눈을 뜨고 책을 집어 들었다.

30분 뒤 책을 읽다 맥스를 쳐다보았다. 이번엔 맥스가 안경을 쓴 채로 눈을 감고 있었다.

"책에서는 도로시가 신었던 구두가 루비 구두가 아니라는 거 알고 있었어? 루비 구두가 아니라 은 구두야."

맥스가 눈을 감은 채로 답했다.

"그게 중요해? 책이 아니라 영화를 보고 따라 한 거겠지."

"몰라. 생각해 보니까 재밌는 것 같아서. 이 책은 말투가 다 옛날식이야. '노란 벽돌 길'이라고 하면 간단한데 계속 '노란 벽돌로 된 길'이래."

"너 도로시와 허수아비가 같이 노래 부르는 장면 몰라?"

맥스가 눈을 뜨고 덧붙였다.

"'노란 벽돌로 된 길'이라고 부르면 운율이 안 맞잖아!"

"맞아, 그런데 책에서는……."

머릿속으로 코드를 떠올릴 때면 나만의 화이트보드가 펼쳐진 것처럼 느껴질 때가 많다. 그렇게 하면 구문을 마음대로 가지고 놀 수가 있어서 기록하기 전에 실수를 발견하는 게 가능하다. 바로 지금 노란 벽돌 길이라는 구문이 내 머릿속 화이트보드를 가로지르며 대문짝만하게 적혔다. 순간 코딩 문제를 풀어냈을 때와 똑같은 느낌이 들었다. 드디어 문제를 해결했다는 놀랍고도 기쁜 감정과 동시에, 그 명백한 답이 왜 이제야 보였을까 하는 아쉬움이 느껴졌달까.

"맥스."

내 목소리가 바뀐 걸 감지하고 맥스가 곧바로 자세를 고쳐 앉았다.

내가 움직이지 않고 말했다.

"내 공책."

맥스가 쓸데없는 말로 분위기를 깨면 안 된다는 걸 아는 듯이, 잠자코 배낭에서 꺼낸 공책을 건넸다.

나는 휘리릭 공책을 넘기다 깨끗한 쪽을 펼쳐 '노란 벽돌 길(yellow brick road)'과 '라이더 울리백(Rider Woollyback)'을 나란히 적었다. 그런 다음 하나씩 가위표를 치며 똑같은 글자를 지워 나갔다.

내가 맥스에게 공책을 보여 주었다.

맥스가 속삭였다.

"라이더 울리백이 노란 벽돌 길의 애너그램이라니. 그런데 왜지?"

내가 어깨를 으쓱했다.

"필명? 자신의 진짜 정체를 숨기려고? 그렇게 하면……."

맥스의 휴대폰이 울렸다. 서로를 쳐다보던 우리의 눈길이 맥스의 가방에 가닿았다.

휴대폰을 꺼낸 맥스가 번호가 찍힌 작은 창을 확인했다.

"우리 언니야?"

해도 지기 전에 언니가 걱정할 줄은 몰랐다.

눈이 커지며 맥스가 고개를 내저었다.

"채즈."

휴대폰 너머에서 채즈가 커다란 목소리로 말했다.

"인마! 너 애버릴 프라이하고 도망갔다며!"

207

32장

채즈의 말소리를 들으려고 맥스가 앉은 빈백 쪽으로 몸을 붙였다. 맥스는 휴대폰을 나와 자기 사이에 들고 있었다.

채즈가 다시 말했다.

"인마! 너 왜 애버릴하고 같이 있을 거라는 말 안 했냐?"

맥스가 휴대폰을 더욱 단단히 쥐고 물었다.

"그 얘기 어디서 들었어? 너 왜 전화했는데?"

"어른들이 한 시간 전에 프리야를 데리고 나갔단 말이야. 근데 이번엔 나를 불러내더니 너희 둘 어딨냐고 계속 묻잖아. 난 시치미를 뚝 뗐지."

힘없이 빈백에 등을 기댔다. 캠프 운영진이 프리야를 불러 냈다면 엄마 아빠가 안다는 소리고, 그 말인즉슨…… 델리아 언니가 범인이다.

"끊어! 우리……."

내가 말을 끝내기도 전에 누가 열람실로 들어왔다. 내가 맥스의 팔에 손을 올렸다. 맥스는 끊는다는 말도 없이 천천히 휴대폰을 닫았다.

밑에서 여자 목소리가 들렸다.

"여긴 아무도 없어요. 4층을 확인해 보시는 게 좋겠어요. 어젯밤에 거기서 잤다고 하더라고요. 말이 돼요?"

다시 우리 둘뿐이라는 게 확실해질 때까지 우리는 꼼짝하지 않고 자리를 지켰다. 움직이지도 않고 숨도 쉬지 않았다.

내가 말했다.

"우리를 찾고 있다니."

엄마 아빠가 전화를 걸었던 게 틀림없다. 지금 분명 이리로 오고 있을 것이다.

맥스가 말했다.

"우리 나가야 해."

맥스도 머릿속으로 나와 똑같은 길을 달음질치고 있는 게 틀림없었다.

"대학교 건물들로부터 멀리. 카메라로부터 멀리. 그럼 우리가……"

맥스의 휴대폰이 다시 울렸지만, 맥스는 전화를 받는 대신 휴대폰 배터리를 빼더니 휴대폰과 배터리를 배낭 속에 던져 넣었다. 내가 미처 상황을 파악하기도 전에 맥스는 벌써 아래로 내려가고 있었다. 서둘러 공책을 챙기고 맥스를 따라 움직였다. 나는 사다리를 포기하고 곧장 바닥으로 뛰어내렸다.

복도로 나가면 수색대라도 있을 줄 알았는데 우리를 알아

보는 사람은 아무도 없는 것 같았다. 맥스가 내 손을 붙잡고 뒷문으로 달렸다. 도서관을 빠져나와서 길 위에 옹기종기 모인 학생들 사이를 지나면서도 물가에 가까워질 때까지는 사람들 틈을 벗어나지 않으려고 노력했다. 그러다 맥스가 강둑을 따라 자라난 덤불 쪽을 가리켰다. 우리는 그 초록 덤불들 사이에 자리를 잡고 앉았다.

맥스가 잡았던 손을 놓았다.

"잠깐은 여기 있어도 괜찮을 거야. 그런데 이제 다 끝난 것 같아. 너희 부모님이 알았으면 당연히 우리 부모님도 알 텐데. 밤이 되기도 전에 여길 쑥대밭으로 만들고 말 거야. 괜히 널 끌어들여서 미안."

"아니야. 여기 있고 싶다고 한 사람은 나야. 미안한 사람도 나고. 다 우리 언니 때문이야. 언니를 믿어도 될 줄 알았어."

언니 생각을 하는 게 너무 힘들어서 말을 그쳤다. 10분 전만 하더라도 언니가 내가 아닌 부모님 편에 설 사람이냐는 질문을 받았다면 난 우리 언니는 절대 그럴 사람이 아니라고 자신 있게 답했을 것이다. 나더러 부모님과 맞서 싸우라고 했던 언니가 내가 싸워 보려고 하자마자 나에게 등을 돌리다니?

맥스가 한숨을 내쉬었다.

"너희 언니를 믿는 게 맞았든 틀렸든 그건 중요하지 않은 것 같아. 이건 너희 언니한테 들킨 순간부터 예견된 일이야. 구내식당에서 밥 먹자고 한 사람은 나였고."

내가 도리질을 쳤다.

"누구 탓이라고 우리끼리 온종일 말해 봤자 아무것도 달라지는 건 없어."

"맞는 말이야. 그럼 이제 어쩌지?"

"다시 연구실로 가자."

맥스는 반대하려고 입을 뗐지만 내가 선수를 쳤다.

"알아. 연구실로 가면 당연히 카메라에 잡힐 테고, 우리를 데려갈 수도 있다는 거. 그래도 난 이렇게 끝낼 수는 없어. 집으로 끌려가기 전에 마지막으로 시도라도 해 보고 싶어."

"하지만 라이더 울리백이든, 아니면 진짜 그 정체가 누구든 그 사람이 거기 있는지 없는지도 모르는 거 아냐?"

내가 명함을 끼워 둔 쪽으로 공책을 펼쳤다. 명함에 찍힌 이름을 따라 손가락을 움직였다. 라이더 울리백(Rider Woollyback).

그런 다음 라이더 울리백과 그 아래에 적힌 이름의 철자를 하나씩 맞춰 보았다. 로리엘 케이디 크로우브(Loriel Cady Krowb).

내가 맥스에게 명함을 보여 주며 말했다.

"맞네. 울리백 거기 있어. 확실해."

33장

10분 뒤, 나는 연구실 문을 쾅쾅 두드리고 있었다.

"거기 계신 거 알아요, 문 여세요."

맥스가 내 팔을 잡고 말렸지만 나는 맥스의 손을 털어 냈다.

"다 듣고 계신 거 알아요. 난 안 가요. 들여보내 주지 않으시면 제가 인터넷에……."

맥스가 속삭일 수 있을 정도로 내 옆으로 바짝 다가왔지만, 나한테 손을 대지는 않았다.

"애버릴. 코딩 소녀."

맥스가 나와 눈을 맞추며 다시 나를 불렀다.

"릴라?"

마음속에서 이글거리던 불길이 조금 잦아들었다.

"계속 소리 지르면 여기서 끌려 나가. 그게 네가 원하는 결말은 아니잖아, 안 그래?"

나는 맥스를 향해 분명하고도 빠르게 고개를 끄덕였다. 지금의 나로선 최선의 대응이었다.

"좋은 쪽으로 생각해 보면? 넌 화가 났어. 그런 점에선 발전이 있는 셈이네."

피식 웃음이 났다. 왜냐하면 난 정말 화가 났으니까. 애버릴 프라이, 지금껏 다른 모두의 행복만을 걱정하기 급급했던 그 애버릴이 분노에 휩싸였다. 그런데 막상 화가 나 보니 상상했던 것만큼 무섭지 않았다. 걷잡을 수 없는 느낌도, 두렵다는 느낌도 없었다. 오히려 뭔가 강력해진 느낌이었다.

"네가 왜 그렇게 화가 났는지 이해가 안 되긴 하지만."

"크로우브 선생님이 나한테 거짓말을 했어."

"그 선생님은 모두를 속였어. 우리가 그걸 알아냈고. 아무도 알아내지 못한 사실을."

매우 기뻐하는 맥스를 보니 더욱 분노가 치밀었다. 맥스는 이해하지 못했다. 맥스는 이해할 수가 없었다. 맥스에게는 이것이 승리의 기회이자 어른들, 그중에서도 자신의 아버지가 깨닫지 못한 사실을 밝혀낸 것을 기뻐하고 축하할 기회였다.

하지만 난…… 나는 지금껏 진짜 여성 개발자를 만나게 될 날을 소망해 왔다. 학교 선생님이나 캠프 선생님이 아닌, 프로그래밍을 직업으로 하는 진짜 여성 개발자. 드디어 그 주인공을 만났건만, 남자인 척을 하고 산다니?

내가 다시 문을 쾅쾅 때렸다.

이번엔 크로우브 선생님이 문을 열었다.

"좋아. 들어와."

내가 중앙 탁자에 놓인 인체 공학적 의자 중 하나에 털썩 주저앉았다.

맥스가 초록색 벨벳 커튼으로 다가가 슬그머니 커튼 뒤를 살폈다.

"아예 문도 없네요."

내가 크로우브 선생님, 아니 라이더 울리백에게로 돌아서서 말했다.

"제가 알아냈어요. 이유를 말씀해 주셔야죠."

크로우브 선생님이 팔짱을 끼고 말했다.

"내가 왜 그래야 하지?"

"그게 저에게 어떤 의미인지 모르세요? 다른 여자아이들에게는 또 어떻고요? 루비 구두는 세상에서 가장 유명한 앱 중 하나인데, 그 코드를 개발한 사람이 여자라는 걸 알고 자란다는 게 어떤 의미인지 정말 모르시냐고요?"

크로우브 선생님이 눈을 치떴다.

"난 내가 만든 앱이 너희를 비참하게 만드는 줄 알았는데."

"맞아요. 하지만 선생님이 코딩한 앱이라는 걸 아는 것과 모르는 것은 천지 차이죠. 제가 처음 코딩 캠프에 갔을 때 여학생은 세 명뿐이었어요. 딱 세 명! 끔찍했다고요."

맥스가 내가 분노한 까닭을 마침내 이해한 사람처럼 '아'

하는 표정을 지어 보였다. 이제라도 맥스가 알아서 기뻤다. 그렇지만 지금 내 말을 들어 주어야만 하는 사람은 맥스가 아니었다.

크로우브 선생님이 냉장고로 가서 크림소다 세 캔을 들고 와 탁자에 올린 뒤 의자에 앉았다. 맥스는 내 옆자리에 앉아 캔을 땄지만, 난 간식을 즐길 마음의 여유가 없었다.

선생님이 말했다.

"알겠다. 내가 코딩을 하는 여학생들에게 도움이 되지 못한다고 느낀다면 미안하구나. 하지만 그건 내가 해야 할 일은 아닌데."

내가 선생님의 짙푸른 눈을 들여다보며 말했다.

"하지만 선생님은 루비 구두 개발자잖아요. 선생님 말고 또 누가 있냐고요."

"나 말곤 없지. 원본 코드를 쓴 사람이 나밖에 없긴 하지."

선생님이 캔을 따서 한 모금 홀짝인 뒤 말을 이었다.

"그런데 아이디어만 있다고 되는 건 아니야. 그 아이디어로 성공하고 인기를 얻기 위해선 돈이 필요해. 그리고 사람들은 내가 울리백 같은 사람을 대신해 활동하고 있다고 생각해야 큰돈을 투자할 마음이 생기니까."

맥스가 물었다.

"이름은 어떻게 하신 거예요?"

내가 선생님을 노려보았다. 이런 시시콜콜한 질문은 하나도 중요하지 않았다. 하지만 크로우브 선생님이 됐든, 울리백이 됐든, 아무튼 선생님은 자신을 향해 찌릿한 눈빛을 발사하지 않는 사람을 상대하게 되어 안도한 듯한 얼굴이었다.

"난 어렸을 때부터 《오즈의 마법사》 팬이었어. 수수께끼도 좋아했고. 내 이름은 조금만 바꾸면 애너그램이 되니까. 그래서 대학에 다닐 때 '로리'에서 '로리엘'로 바꾸고 가운데 이름도 바꾸었지. '라이더'라는 이름도 같은 방식으로 만들었는데, 재밌더라. 나라는 사람을 완전히 지워 버리지 않는다는 점이 좋았어. 잘 들여다보기만 하면 누구라도 내 정체를 알 수 있으니까."

맥스가 말했다.

"근데 아무도 몰랐잖아요."

"오늘까지는 그랬지. 투자자들과의 만남을 거부하는 은둔자가 나보다 더 그럴싸했나 봐."

나는 로리엘 케이디 크로우브를 측은하게 여기고 싶은 마음은 눈곱만큼도 없었다. 그런데 나도 모르게 측은한 마음이 들었다. 무언가를 간절히 원하지만 거절당하고, 맞서기보다 속이는 편이 더 쉽겠다는 결론에 도달하는 그 과정을 나는 어렵지 않게 떠올릴 수 있었다.

내가 물었다.

"하지만 왜 사람들한테 사실대로 말하지 않았어요? 나중에 라도 말이에요."

선생님이 고개를 갸웃하고 잠시 연구실 모퉁이를 올려다보았다.

"음, 당연한 말이지만 루비 구두 앱을 산 회사의 대표는 이 사실을 알고 있어. 그런데 그 대표도 계속 울리백으로 밀고 가는 게 도움이 된다고 생각해. 어린이들을 안전하게 지켜 주는 괴짜 마법사, 울리백."

"베티 크로커하고 비슷하네요."

맥스 말이 맞았다. 구내식당에 걸려 있던 포스터와 비슷한 맥락이었다. 기업 입장에서는 누가 봐도 집에서 케이크를 만들어 줄 것 같은 사람이라는 하나의 상징이 필요했고, 그 결과 따뜻한 갈색 눈동자를 지닌 상냥한 주부를 탄생시켰다. 그리고 로리엘 크로우브에겐 코딩 천재처럼 보이는 하나의 상징이 필요했고, 그 결과 연구실에 은둔하며 그 누구와도 말을 하지 않는 백인 남자를 만들어 냈다.

나는 앞으로도 크로우브 선생님을 용서할 수 없을 것 같았다. 내 방에 걸린 포스터가 계속 생각났다. 그 포스터에는 로리엘이라는 이름이 있어야 마땅했다. 그러나 선생님은 스스로 그 명예를 버리는 길을 택했다.

"선생님은 굽 높은 보라색 부츠를 신으셨네요."

내 말에 맥스는 완전 어리둥절한 눈으로 나를 쳐다보았지만, 크로우브 선생님은 빙긋 웃음을 지었다. 그러더니 마지막 남은 캔을 따서 내 쪽으로 밀었다.

"그거 아니? 난 시간이 가면 모든 게 달라질 줄 알았어. 내가 공부를 시작했던 1970년대에만 해도 컴퓨터 공학 전공자 중 3분의 1이 여학생이었으니까."

내가 선생님을 쏘아보았다.

"3분의 1이요?"

난 당연히 그때 여학생 수가 지금보다 적을 줄 알았다.

"왜 후퇴한 걸까요?"

"초창기엔 코딩이 주로 비서들의 업무로 여겨졌어. 그런데 컴퓨터가 중요해지면서 많은 사람들의 관심을 받는 큰 사업이 되기 시작했지. 돈을 많이 벌어 주는 사업이기도 했고. 그러자 기업들이 남자를 채용하기 시작했어. 그게 남아 있는 우리를 더 힘들게 만들었고."

선생님이 나와 눈을 마주쳤다.

"그게 내 잘못일까? 나는 힘들게 버티고 싸우는 대신 그들이 원하는 내 100만 달러짜리 아이디어를 주고 떠난 죄밖에 없어."

나는 선생님 기분을 백 퍼센트 이해했다. 따지고 보면 내가 지금 여기에 있는 것도 비슷한 이유에서가 아닐까? 엄마 아빠와 힘들게 이야기하느니 소프트웨어 회사 사장이 업데이트를 포기하게 하는 쪽이 더 쉬울 것 같다고 생각해서?

"아무리 그래도 왜 모두가 선생님을 비서로 생각하게 놔두셨어요? 훌훌 떠나서 교수가 되든지 새로운 회사를 시작하실 수도 있었잖아요."

크로우브 선생님이 내 손등에 손을 포갰다.

"그건 엄청 골치 아픈 일일 것 같은데. 여기선 일이 간단해. 코드를 작성하고 업데이트를 보내 주기만 하면 사랑스러운 돈을 어마어마하게 보내 주니까. 무례한 사람들 때문에 속상할 일도 없고, 가끔 알아 두면 좋은 사람들도 찾아오고."

내가 손을 뺐다. 에이다 러브레이스가 지금의 로리엘 크로우브를 보면 얼마나 실망할까. 후대에 남길 위대한 유산에 대한 배려라곤 찾아볼 수 없다며 얼마나 분노할까. 오늘날 에이다가 살아 있었다면 이런 연구실에 꼭꼭 숨어 있을 리 없다.

맥스가 말했다.

"우리가 왜 왔는지 아시죠? 선생님에게 우리를 도와줄 힘이 있다는 것도 분명한 사실이고요. 업데이트를 하지 말라고 얘기해 주실래요? 그 누구도 함부로 남의 휴대폰 마이크와 카메라를 켤 수 있어서는 안 돼요. 아무리 부모라고 해도요."

내가 깜짝 놀라서 맥스를 쳐다보았다. 우리가 여기에 온 이유를 까맣게 잊을 뻔했다. 어느새 내 마음가짐이 사뭇 달라진 느낌이었다. 나는 집으로 가고 싶지 않았다. 단지 휴대폰에 그런 기능이 없기 때문에 엄마 아빠가 나를 염탐하지 못하는 것도 싫었다. 나를 그만 좀 엿보라고 내 입으로 말을 해야만 했다. 이대로 집으로 가서 겨우 프리야를 이용해 엄마로부터 숨어 다니는 예전의 생활로 돌아가야 한다면 그걸 진정한 승리라고 할 수 있을까?

내가 말했다.

"맥스. 선생님은 업데이트를 멈추지 않을 거야."

크로우브 선생님이 한숨을 내쉬었다.

"난 못 해. 루비 구두의 새로운 업데이트 기능이 나로서도 달가운 건 아닌데, 한 번 밖으로 나온 지니를 도로 병 속으로 집어넣을 힘은 없어."

내가 선생님에게로 돌아서서 말했다.

"그럼 다른 방법으로 저희를 좀 도와주실래요?"

"너희 부모님들이 벌써 이리로 오시는 중인 거 알지? 한 시간 전에 캠퍼스 보안 담당자한테 전화를 받았어. 너희가 어제 여기에 왔던 것도 이미 알고 있던데. 지금 너희가 이곳에 있는 것도 당연히 알 거야."

선생님이 맥스를 보고 말했다.

"너희 아버지 때문에 여기 직원들이 단단히 화가 났어."

"아빠 때문에요? 혹시 우리 아빠는 선생님이 누군지 아시나요?"

선생님이 고개를 저었다.

"네가 말씀드릴래?"

맥스가 대답을 하려고 했지만 내가 먼저 말했다.

"저희를 도와주기 전에는 안 돼요."

선생님이 차분하게 물었다.

"뭘 도와주면 되는데?"

"전 세계 나가려고요."

맥스가 되물었다.

"어떤 식으로?"

"사실대로 말하기?"

34장

크로우브 선생님이 컴퓨터 작업을 하던 자리에서 어깨 너머로 밖을 내다보더니, 이렇게 말했다.

"너희 부모님들 올라오고 계시네."

나는 초록색 커튼 앞으로 갔다. 엄마 아빠가 나를 연구실에서 질질 끌고 나오지야 않겠지만, 최대한 문에서 멀찍이 떨어져 있고 싶었다. 만일의 경우에 대비하기 위해서였다.

맥스가 탁자에서 물러나, 크로우브 선생님이 보이지 않게 내 앞으로 와서 서더니 중얼거리듯 물었다.

"너 정말 이러고 싶은 거 맞아?"

우리는 지난 30분 동안 보안 카메라에 찍힌 우리 사진을 골라냈다. 우리가 캠퍼스에 있는 동안 걱정할 일이 아무것도 없었다는 걸 두 눈으로 확인시켜 주면 엄마 아빠가 나를 조금 더 믿지 않을까 하는 기대 때문이었다.

내가 답했다.

"그렇다니까."

집에서보다는 지금 여기에서 부모님이 내 말에 귀를 기울여 줄 가능성이 더 클 것 같았다. 그래도 긴장되는 건 어쩔 수 없어서 눈을 꼭 감았다. 맥스가 가까이 올 때마다 풍기는 민트 향 캔디 비슷한 냄새에 더해서 맥스의 자신감까지 모조리 빨아들이겠다는 기세로 내가 크게 숨을 들이마셨다.

"너한테 나는 게 무슨 냄새야?"

맥스가 자기 팔에 대고 킁킁 냄새를 맡았다.

"이틀이나 지났는데 하나둘이 아니겠지."

내가 고개를 저었다.

"네 샴푸 냄새 아니면 비누 냄새 아니면 체취 제거제 뭐 그런 냄샌데. 스피어민트 냄새 같기도 하고."

"아. 민트 향하고 유칼립투스 향인가 보다. 엄마가 골라 준 샤워할 때 쓰는 바디 워시."

"제품 이름을 말해 줘. 용감해져야 할 때마다 이 냄새를 맡고 싶으니까."

맥스가 후드 티를 벗어 나에게 건넸다.

"자. 지금부터 한 시간이 내 예상대로 흘러간다면 이 옷이 필요할 거야."

내가 그 옷을 입었다.

"고마워."

맥스가 뱅긋 웃었다.

"대신 네 리본을 다시 줘."

내가 맥스와 눈을 마주쳤다.

"똑똑한 기분이 들어야 할 때 잡고 있게."

내가 머리에서 리본을 풀어 맥스의 손에 쥐여 주며,《오즈의 마법사》속 인물을 흉내 내어 말했다.

"그건 처음부터 네 안에 있었어, 허수아비야."

호출을 알리는 작은 벨 소리가 울렸다. 맥스와 내가 떨어져 섰다. 크로우브 선생님이 문으로 다가갔다.

맥스가 선생님에게 말했다.

"문제를 푸는 사람만 들여보내 주시면 안 돼요?"

크로우브 선생님이 마치 몹시 아끼는 말썽꾸러기를 대할 때 선생님들이 지어 보일 법한 미소를 띠었다.

"준비됐니?"

내가 선생님에게 물었다.

"부탁 하나만 들어주시면 안 돼요?"

선생님이 얼굴을 찡그렸다.

"이미 들어준 부탁 말고 하나 더?"

"네. 맞아요."

"들어 보고."

"제 말을 다 듣기 전까지는 저를 여기서 데리고 나가지 못하게 해 주세요."

굳었던 선생님의 얼굴이 누그러졌다.

"저분들은 네 부모님이야. 내가 막을 수는 없어."

나는 맥스를 쳐다보았다.

맥스가 어깨를 쫙 펴며 말했다.

"내가 해 볼게."

크로우브 선생님이 고개를 내저었다.

"이래서 내가 사람보다 기계를 더 좋아한다니까."

선생님이 문을 열었다.

엄마가 달려와 나를 와락 끌어안았다.

"너 때문에 걱정돼 죽는 줄 알았잖아."

처음으로 죄책감이 들었다. 우리는 감쪽같이 사라졌다 돌아올 계획이었다. 누구도 걱정시킬 생각은 없었다.

내가 엄마를 껴안으며 말했다.

"죄송해요."

잠깐이지만 아빠도 나를 꽉 안아 주었다.

"네가 무사해서 다행이지만 이러면 안 돼, 꼬맹이야."

아빠 눈에 어린 실망감을 마주하기가 힘들어서 연구실 안으로 눈을 돌렸다. 아줌마는 맥스의 손을 잡고 있었고 아저씨는 작은 목소리로 분노를 쏟아 내고 있었다. 내 귀에 유일하게 들린 말은 이랬다.

"너 때문에 우리 이미지 다 망쳤다."

엄마 아빠 때문에 답답한 마음도 컸지만, 남들 눈보다 내 안전을 걱정해 준 부모님이 고마웠다.

맥스가 너무 불쌍해 보여서 눈길을 돌릴 수밖에 없었다. 얼굴을 돌린 순간, 등 뒤로 깍지를 끼고 몹시 언니답지 않은 얼굴로 문 옆에 선 언니가 눈에 들어왔다.

나는 엄마 아빠와 포옹을 풀고 언니에게 다가갔다.

"이게 다 어떻게 된 일이야?"

"걱정돼서 그랬어. 내 친구들이 너를 시내에서 봤다길래 더더욱. 네가 무사할 거라는 믿음이 생기지 않았어. 다 내 잘못인 것 같기도 했고. 내가 널 이런 일로 밀어 넣은 셈이니까."

아빠가 끼어들었다.

"뭐가 됐든 네가 밀어 넣은 건 아니다. 이건, 이건 다 저……저……."

아빠가 기막히다는 얼굴로 맥스 쪽을 가리켰다.

"날라리?"

맥스의 말에 웃음이 빵 터졌다.

이 와중에 가볍게 웃을 수 있으리라곤 생각도 못 했다. 그게 바로 맥스만의 마법이었다.

엄마가 나를 노려보았다.

"다른 건 몰라도 맥스가 좋은 영향을 끼친 건 아니라는 데 모두 동의하지 않을까 싶구나."

아빠가 조용히 말했다.

"입장이 바뀌었네."

맥스의 아빠가 앞으로 나왔다.

"진지하게 드리는 말씀입니다만, 나 또한 내 아들이 못마땅하기는 마찬가지입니다. 그렇지만 이 일을 내 아들 잘못으로만 보아선 안 될 일입니다. 두 사람이 같이 저지른 일 아닙니까. 따님의 능력이 없었다면 맥스는 연구실에 들어오지도 못했을 겁니다."

그 말에 맥스가 움찔하더니 눈에 어렸던 장난기마저 자취를 감추었다. 내가 용기를 내 앞으로 나섰다. 나 자신을 방어하기 위해서였다면 결코 내지 못했을 용기였다.

"맥클래런 아저씨, 맥스는 아저씨가 생각하는 것보다 훨씬 똑똑한 아이라는 걸 알아주셨으면 좋겠어요. 비밀번호가 이진수라는 걸 알아낸 것도 맥스였고, 여기 계신 분들 중 그 누구도 이해하지 못할 다른 많은 것들을 알아낸 것도 맥스였어요. 라이더 울리백의 진실을 알아낸 건 우리 둘이 함께였기 때문에 가능했다고요."

"무슨 말을 하는 거야? 무슨 진실?"

아저씨의 날카로운 목소리에 나는 엄마 아빠 쪽으로 뒷걸음질을 치며 크로우브 선생님을 쳐다보았다.

선생님이 내게 무얼 할 생각인지 묻는 듯이 눈썹을 치켜올렸다. 나는 선생님의 비밀을 지켜 줄 거라는 의미로 입술을 앙다물었다.

10분 뒤 마침내 엄마가 입을 뗐다.

"긴 하루였네요. 그만 집으로 돌아갈 시간인 것 같아요."

맥클래런 아저씨가 말했다.

"먼저 가시죠. 저는 얘기 좀 하고 싶습니다……. 여기 이 여자분하고."

분홍색 스쿼시 공 하나가 아저씨의 가슴팍을 맞히고 바닥으로 툭 떨어졌다. 아저씨가 놀라서 입을 떡 벌렸다.

"반사 신경이 엉망이시군요."

아저씨가 무슨 말을 할 사이도 없이 선생님이 다시 말했다.

"당신의 매너도 마찬가지고요. 그건 여기 계신 모든 분이 다르지 않습니다. 이런 분들이 어떻게 이토록 비범한 아이들을 키워 내셨는지 도무지 알 수 없군요. 인사, 대화, 간식. 우리 연구실에 오시면 그게 순서입니다."

맥스가 미니 냉장고로 가서 귤 바구니를 꺼내 탁자에 올렸다. 맥스가 오늘 오후 내내 일어날 생각이 없다는 사람처럼 의자에 앉아 귤을 까기 시작했다. 맥스가 발로 의자 하나를 내 쪽으로 밀었다.

나는 맥스를 따라 앉았고, 잠시 연구실 안을 둘러보고 있노라니 언니도 나를 보고 살짝 웃음을 지으며 똑같이 탁자 앞에 앉았다. 나를 일러바친 언니의 행동에는 내 잘못도 있다는 걸 부인할 수 없다고 해도, 아직은 언니에게 웃어 주고 싶지 않았다.

아줌마가 앞으로 걸어 나왔다.

"정말 죄송합니다, 크로우브 선생님. 그리고 맥스와 애버릴을 안전하게 데리고 있어 주신 점에 감사드립니다. 그런데 저 역시 애버릴 엄마 말이 옳은 것 같습니다. 이제 그만 집으로 돌아가, 선생님을 그만 귀찮게 해 드려야 하지 않을까요."

아줌마가 남편의 팔에 한 손을 얹으며 말렸다.

"여기서 이럴 필요는 없어요."

아저씨가 아줌마 손을 뿌리쳤다.

"네, 저도 감사드립니다. 부모도 없이 찾아온 두 아이를 보고도 왜 아무한테도 알리지 않았는지 다소 의문이긴 합니다만. 루비 구두 개발자의 최측근이라면 안전에 더욱 신경을 쓸 것 같아서 드리는 말씀입니다."

크로우브 선생님이 안경 너머로 아저씨를 보며 말했다.

"맥스와 애버릴은 그 어떤 위험에도 처해 있지 않았던 것 같습니다."

나는 환호성을 지르고 싶었지만, 이번엔 엄마가 말했다.

"둘은 아직 어린애들입니다."

아저씨가 말했다.

"선생의 행동력 부족으로 내 아들이 잘못될 수도 있었던 점을 고려하면 최소한 나를 울리백에게 소개시켜 주는 정도는 하는 게 도리상 맞지 않을까 합니다만."

사업상의 전략을 위해 거짓으로 아들을 걱정하는 척하는 아저씨를 지켜보기가 민망한 나머지 나는 내 귤만 뚫어져라 쳐다보았다.

아저씨가 크로우브 선생님에게로 다가갔다.

"몇 가지만 가볍게 손을 보면 트럭 운전기사용 루비 구두도 개발이 가능합니다. 일단 개발만 하면 사겠다는 기업은 무조건 나타날 겁니다. 이건 엄청난 기회입니다. 내 생각에 울리백은 체스 게임보다 이쪽에 더 관심이 있을 것 같습니다만."

"울리백의 관심사라면 아버님보다 제가 더 잘 알 것 같습니다만."

선생님이 답했다.

맥스가 의자에 등을 기대고 앉으며 말했다.

"저라면 선생님 말씀을 듣겠어요, 아빠."

아저씨가 딱딱거렸다.

"네가 뭘 안다고 끼어들어?"

크로우브 선생님이 발끈하며 은백색 머리카락을 휙 젖혔다.

"아버님보다야 훨씬 많이 알죠. 맥스와 애버릴은 꽤 복잡한 문제를 풀어냈습니다. 그 결과, 울리백을 만날 수 있었고요."

아저씨가 따져 물었다.

"정말이냐? 울리백 얘기 좀 해 봐, 맥스."

"흥미로운 분이었어요."

너무나 천연덕스러운 맥스의 대답에 나도 모르게 웃음이 나왔다.

"내가 직접 울리백과 얘기 좀 해도 되겠습니까? 저는 맥스의 아버집니다."

크로우브 선생님이 말했다.

"유감스럽게도 오늘은 더 이상 면담 일정이 없습니다. 또한 앞으로 울리백과의 면담을 희망하신다면, 앉아서 귤 좀 드시면서 자녀분들의 말을 들어 보시는 게 좋을 것 같군요."

35장

맥스가 아줌마에게 의자를 권한 뒤 "준비됐어?" 하고 나에게 입 모양으로 물었다. 내가 고개를 끄덕였다. 설득은 내가 맡기로 했지만, 정확히 어떤 말을 해야 할지 미처 생각할 시간이 없었다.

맥스가 연구실 뒤쪽의 빈 탁자로 폴짝 올라앉더니 내 말을 즐길 준비가 끝났다는 듯 양발을 흔들었다.

매력이란 늘 옳은 말만 하거나, 유쾌하고 잘 웃어 주는 사람에게서만 풍기는 게 아니라는 것을 나는 깨달았다. 만나는 모든 사람에게서 기쁨을 찾겠다는 마음가짐이야말로 진정한 매력이라는 걸 알았다. 학교 식당에서 사과를 던지며 까부는 꺼벙한 남자애부터 수수께끼 뒤에 숨은 비밀스러운 개발자, 기계와의 대화가 더 좋다는 조용한 여자아이에 이르기까지 맥스는 누구를 만나든 있는 그대로의 모습을 인정하고 받아들였다. 앞으로 이 일이 어떻게 풀리고 그 결과가 어떻든 맥스는 나에게 실망하지 않을 사람이라고 생각하자 마음이 한결 편안하고 여유로워졌다.

똑같이 울상인 엄마와 아빠의 얼굴을 보고 있자니 더더욱 그런 생각이 들었다. 나는 하나로 묶은 머리를 더욱 단단히 조인 뒤 연구실 앞으로 걸어 나갔다.

"엄마도 앉으시는 게 좋겠어요. 맥스와 제가 모두에게 보여 드리고 싶은 게 있어요."

엄마가 물었다.

"대체 지금 뭐 하는 거니?"

아빠가 화를 냈다.

"애버릴. 넌 제멋대로 도망을 쳤어. 우리는 그 문제를 해결하러 왔고. 앉아서 과학 강연 들으러 온 게 아니야."

나는 긴장한 나머지, 좌우로 몸을 움직이며 내 손만 내려다보았다. 아빠의 분노가 나를 두려움에 떨게 했다. 이런 상태로 내가 아빠와 이야기할 수 있을까.

뭘 찾는지도 모르고 떠돌던 나의 눈이 맥스에게로 향했다. 맥스가 싱긋 웃으며 입 모양으로 응원을 보냈다.

"넌 할 수 있어, 코딩 소녀."

맥스가 부른 그 별명 속에서 난 내가 이곳에 와서 경험하고 이뤄 낸 모든 것을 느낄 수 있었다. 문제를 풀고 먹을거리와 잠잘 곳을 찾고 연구실 문을 두드리고 크로우브 선생님에게 소리쳤던 중요한 순간들이 새록새록 떠올랐다. 나는 과거의 애버릴이 아니다.

나는 엄마 아빠를 보았다.

"저희한테 10분만 주세요. 보여 드릴 게 있어요."

한숨과 함께 아빠가 책장에 몸을 기댔고 엄마는 의자에 앉았다.

나는 양손을 레깅스에 문질러 닦았다.

"좋아요. 말씀드릴게요. 맥스와 전 루비 구두에 업데이트될 새로운 기능이 개발되고 있다는 소문을 들었어요. 부모들이 카메라와 마이크를 켜서 실시간으로 자녀를 확인하게 해 주는 기능이요. 우리는 그걸 막고 싶었어요."

엄마가 물었다.

"왜?"

아줌마가 물었다.

"어떻게?"

내가 부모님을 보며 답했다.

"왜냐하면 지금도 너무 심하니까요. 우리는 하루하루 매 순간을 감시당하며 사는 게 지긋지긋해요. 실수할 기회도, 내가 누구와 뭘 공유할지 말지 결정할 기회도, 하물며 길을 건널지 말지를 결정할 기회조차 없잖아요. 티끌만큼이나마 사생활을 갖기 위해서라고요."

아빠가 물었다.

"그래서 네가 할 수 있는 게 뭔데?"

아빠가 턱으로 맥스를 가리키며 덧붙였다.

"저 녀석 만나는 거?"

"아뇨, 아뇨, 아뇨."

내가 화를 내려다 말고 다시 말을 이었다.

"네, 맞아요. 나는 매번 엄마 아빠한테 확인받지 않고 친구도 만나고 산책도 하고 싶어요. 그런데 중요한 건 그게 아니에요."

내가 크게 숨을 들이쉬고 다시 말했다.

"중요한 건…… 여기에 와서 모르는 사람한테 그 앱을 더 나쁘게 만들지 말아 달라고 부탁하는 대신, 엄마 아빠와 직접 이야기를 했어야 했어요. 엄마 아빠가 나를 믿어야 한다는 걸 이해시켰어야 했어요."

델리아 언니가 끼어들었다.

"내가 하려는 말이 바로 그거야. 내가 엄마 아빠한테 알린 것도 그래서고. 너는 맞서 싸워야만 했으니까. 도망치는 게 아니라."

언니가 입술을 깨물고 한마디를 더했다.

"그리고 너한테 혹시라도 무슨 일이 생기면 안 되잖아."

나는 도리질을 쳤다.

"언니는 나한테 거짓말을 했어. 엄마 아빠한테 전화할 거라고 했으면 좋았을걸. 언니는 그럴 생각이 없는 사람처럼 말했잖아."

엄마가 말했다.

"음, 언니가 너한테 거짓말을 하지 말았어야 했던 건 맞는데……."

"엄마도 거짓말한 건 똑같아요. 내 공책 안 읽는다면서요. 아빠는 거짓말은 안 하셨는지 몰라도, 그건 평소에 가족과 대화를 하지 않아서겠죠. 아빠는 아빠가 싫어하는 행동을 할 때만 말하시니까요."

아빠는 충격을 받은 얼굴이었다.

"딸."

"죄송해요. 하지만 그건 사실이에요. 그리고 엄마, 내가 어디에 있고 무엇을 먹고 또 누구와 이야기하는지 안다고 나를 전부 안다고 생각하시지만, 저라는 사람은 그게 전부가 아니에요. 엄마는 아무것도 몰라요."

엄마가 씩씩거렸다.

"엄마가 딸을 왜 몰라."

"아는 거 확실해요? 이틀 내내 나 아닌 다른 사람과 문자 메시지를 주고받으면서도 엄마는 아무 차이를 못 느끼셨던 것 같은데요."

엄마가 손으로 입을 가렸다. 나는 상처받은 엄마의 얼굴을 보지 않으려고 고개를 돌려 버렸다. 그렇지만 아무리 힘들어도 이건 내가 하지 않으면 안 되는 일이었다. 크로우브 선생님과의 만남은 더 이상 가상의 인물 뒤에 숨고 싶지 않은 내 마음을 확인시켜 주었다. 설령 그게 내가 만들어 낸 인물이라고 할지라도 말이다.

나는 다시 크게 숨을 들이쉬었다.

"맥스, 너 하고 싶은 말 있어?"

맥스의 눈길이 나에게서 자기 부모님에게로 옮겨 갔다.

"애버릴이 한 말 그대로예요. 엄마 아빠는 진짜 아들을 아는 것보다 휴대폰이 알려 주는 아들 소식에 더 관심 있는 것 같아요."

아줌마가 말했다.

"맥스!"

"죄송해요. 저는 두 분을 사랑해요. 그래도 이런 말은 꼭 해야겠어요."

아저씨가 몸을 일으킬 것처럼 움찔했지만 아줌마가 또다시 남편 팔에 손을 얹었다. 그러자 아저씨가 대단한 희생이라도 하듯이 도로 의자에 앉았다.

내가 말했다.

"그러니까…… 제 생각은 이래요. 맥스와 전 난생처음 감시받지 않고 이틀이라는 시간을 보냈어요."

생각만 해도 절로 웃음이 나왔다.

"지금부터 우리가 그 이틀을 어떻게 보냈는지 보여 드릴게요. 위험하다고 우리를 걱정하셨던 마음이 좀 나아졌으면 좋겠어요. 또 항상 우리를 지켜보지 않아도 우리는 잘 지내고 있을 뿐만 아니라, 그래야 우리가 엄마 아빠와 나눌 이야깃거리가 생긴다는 사실도 알게 되신다면 더 좋고요."

크로우브 선생님이 나에게 물었다.

"시작할까?"

나는 고개를 끄덕였고 선생님이 우리가 골라 둔 첫 번째 사진을 띄웠다. 햇볕이 잘 드는 야외 자리에서 아이스크림을 먹는 사진이었다.

내가 말했다.

"아이스크림에 쿠키도 얹어서 먹었어요."

"디저트를 두 개나!"

언니가 깜짝 놀란 목소리로 말하고 기절하는 시늉을 했다.

내가 엄마 쪽으로 돌아섰다.

"저녁은 학교 밖에서 먹어서 사진이 없지만 그땐 채소를 먹었어요."

엄마가 입 모양으로 말했다.

"학교 밖에서."

다음은 연구실 밖에서 찍힌 우리 사진이었다.

"이건 이곳이 울리백의 연구실이라는 걸 우리가 알아냈을 때 찍힌 사진이에요."

맥스가 말했다.

"애버릴은 대박 천재니까요."

델리아 언니가 덧붙였다.

"내 말이!"

이 정도면 언니도 용서받을 자격이 생긴 것 같았다.

"우리는 태블릿을 통해서 첫 번째 질문을 받았고 그 답을 알아내기 위해 도서관으로 가야 했어요."

분수대에서 찍힌 사진에 이르자 내가 솔직히 고백했다.

"분수대에서 잔돈을 좀 슬쩍했어요. 그런데 다시 돌려줄 수도 있어요. 모두 그게 중요하다고 생각하신다면요."

나는 연구실 안을 둘러보았다.

엄마가 손을 내저으며 말했다.

"난 네가 어디서 잤는지가 더 중요해."

"소파 두 개가 딸린 도서관의 빈 작업실에서요."

맥스가 덧붙였다.

"길이가 아주 짧은 소파 두 개요."

엄마가 우리를 번갈아 가며 쳐다보다 다시 입을 굳게 다물었다.

"이제 모두 알았으니 만족하시겠죠. 우리끼리지만 잘 지냈다는 것도 아셨을 테고요. 게다가 우리는 라이더 울리백을 만났고 그건 지금까지 거의 아무도 성공하지 못한 일이었어요."

아저씨가 앉은 자리에서 몸을 살짝 들썩였다.

아빠가 말했다.

"중요한 건 그게 아니지."

"가출했던 건 죄송해요. 정말로요. 무슨 벌이든 받아들일게요. 딱 하나만 빼고요. 전 업데이트가 되든 안 되든 앞으로 루비 구두는 쓰지 않을 거예요. 그래도 강요하신다면 아예 휴대폰을 가지고 다니지 않을 거예요. 휴대폰 없이도 살 수 있다는 걸 알았거든요."

맥스가 말했다.

"저도요."

델리아 언니가 박수를 쳤다. 하지만 언니 말고는 박수를 보내는 사람이 아무도 없었다.

36장

나는 어른들이 아무 반응을 보이지 않을 줄은 생각지 못했다. 눈물 바람과 함께 사과를 하거나 반대로 소리를 지르고 뛰쳐나가는 것까지는 상상하고 있었다. 그런데 지금의 이 침묵은…… 상상 밖의 일이었다. 엄마 아빠는 눈으로 침묵의 대화를 나누고 있는 것처럼 보였다.

아저씨가 손목시계를 보았다.

이윽고 의자에서 몸을 일으킨 아줌마가 크로우브 선생님에게 말했다.

"아이들을 데리고 있어 주셔서 감사합니다. 인사드려, 맥스. 폐를 끼쳐서 죄송하다고 사과도 드리고."

맥스가 입을 떼기도 전에 크로우브 선생님이 말했다.

"넌 폐 끼친 거 없어. 너희 아버지께도 같은 말씀을 드리고 싶구나."

아저씨가 퉁명스럽게 말했다.

"괜히 애들 부추기지 마십시오. 난 지금 루비 구두와 함께 일 벌이지 않길 정말 잘했다고 생각하는 중이니까."

아저씨가 쿵쾅거리며 연구실 밖으로 나갔다.

크로우브 선생님이 말했다.

"막무가내 백만장자 한 명 줄었네."

"우리 남편은……."

아줌마가 말을 하려다 크로우브 선생님의 시선에 기가 죽어, 나가자며 맥스의 손을 잡고 문 쪽으로 당기기 시작했다.

내가 후드 티를 벗어 맥스에게 돌려주고 내 공책을 받았다.

"고마워."

이틀 동안의 자유는 모두 네 덕분이었다고 말하고 싶었다. 이젠 함께 오랜 시간을 보낼 수 없으니 많이 보고 싶을 것 같다는 말도 해 주고 싶었다. 하지만 차마 할 수가 없었다.

대신 가슴에 내 공책을 안은 채 말없이 맥스를 쳐다보았다.

비밀스러운 미소를 띠며 맥스가 말했다.

"나도야, 코딩 소녀."

아줌마가 맥스를 불렀다.

"맥스."

"가요."

그 말과 함께 맥스는 사라졌다. 바로 옆에 온 가족이 있는데도 난 완전히 혼자가 된 기분이었다.

아빠가 말했다.

"우리도 그만 가 보는 게 좋겠다."

나는 고개를 끄덕였고 크로우브 선생님에게로 돌아섰다. 백 마디 말 대신, 마지막으로 한 가지 듣고 싶은 답이 남아 있었다.

"저한테 구슬 문제를 내신 이유가 뭐예요?"

"무슨 소리니?"

"제가 풀 수 있는 문제라는 거 아니셨잖아요. 최소한 가능성이 있다는 것쯤은요. 체스를 두자고 하든지 컴퓨터로 정말 어려운 걸 시키실 수도 있었잖아요. 그런데 저희한테 왜 기회를 주셨어요?"

선생님은 입술을 감쳐물고 한참을 연구실 구석만 올려다보았다.

"내가 왜《오즈의 마법사》를 좋아하는지 아니?"

델리아 언니가 넘겨짚었다.

"멋진 구두 때문에?"

크로우브 선생님이 보란 듯이 보라색 부츠를 앞으로 내밀었다.

"그것도 맞아. 그런데 나에겐 글린다가 하나의 우상이기 때문이기도 해. 글린다는 도로시를 당장 집으로 보내 줄 수 있었어. 아니면 같이 가서 사악한 마녀들과 흉악한 마법사들로부터 도로시를 지켜 줄 수도 있었고. 그런데 글린다는 그렇게 하지 않았어. 왜였을까?"

내가 말했다.

"도로시의 실력을 보고 싶어서였을까요?"

"바로 그거야. 더 재밌는 얘기를 만들기 위해서이기도 하고."

"저한테 기회를 주셔서 기뻐요. 하지만 선생님은요? 세상을 향해 선생님 실력을 보여 주고 싶지 않으세요?"

선생님이 한숨을 내쉬었다.

"나는…… 잘 모르겠어. 확실히 너를 보니 그런 생각이 들긴 해. 어쩌면 울리백을 은퇴시킬 때가 왔는지도 모르지."

선생님이 엄마와 아빠를 보고 말했다.

"승낙하실 기분은 아니겠지만, 괜찮으시다면 이번 여름에 애버릴의 도움을 좀 받고 싶습니다."

엄마 아빠의 입에서 거절의 말이 나오기도 전에 내가 놀라서 물었다.

"네?"

"음, 내가 업데이트를 막을 수는 없을 것 같아. 그 부분만큼은 내가 말한 게 사실이었으니까. 그래도 피해를 줄일 수는 있을 것 같아서."

내가 기대에 차서 물었다.

"어떻게요?"

나는 앞으로 루비 구두를 쓰지 않겠지만 세상엔 싫다고 말하는 법을 아직 알지 못하는 수천 명의 다른 아이들이 있다.

"제한 시간을 둔다든지, 아니면 특정 영역 안에서는 사용자가 추적을 차단하거나 마이크를 비활성화시킬 수도 있겠지. 내가 변경 사항을 제안하기 전에 청소년 사용자와 함께 미리 실행해 보면 더 좋겠지?"

무슨 대답이 나올지 무서웠지만 나는 엄마 아빠 쪽으로 돌아서서 개미 목소리로 물었다.

"해도 돼요?"

아빠가 연구실을 둘러보았다.

"어마어마한 기회이긴 한데……."

엄마가 단호히 말했다.

"그 얘긴 집에 가서 하자."

막 따지려 드는 내 어깨에 크로우브 선생님이 손을 얹으며 말리더니, 허리를 수그려 내 귀에 대고 속삭였다.

"부모님한테 시간을 드려. 딸이 얼마나 재밌는 사람인지 깨닫기까지 시간이 좀 필요할 것 같다."

집으로 가는 차에서 엄마와 아빠는 번갈아 가며 나에 대한 실망감을 쏟아 냈다. 내가 거짓말을 한 것도 실망이고, 내 거짓말에 프리야를 끌어들인 것도 실망이고, 부모님이 준 캠프 비용을 낭비한 것도 실망이고, 맥스의 말에 넘어가 나쁜 선택을 한 것도 실망이라고 했다.

나는 죄송하다고 사과하다가 말을 그쳤다. 이제부터 엄마 아빠가 하는 말은 그냥 듣고 넘기기로 했다. 모두를 행복하게 해야 한다는 내 오랜 생각이 또다시 마음속에서 강하게 일었지만 참고 버텼다. 처음엔 힘들었지만 몇 분이 지나자 한결 쉬워졌다. 옆자리에서 언니가 손을 뻗어 내 손을 꼭 쥐어 주었다.

37장

집에 도착해 내 인생에서 가장 긴 시간 동안 샤워를 하고, 저녁을 먹으러 내려갔다. 주방으로 들어갔더니 언니가 벌써 자리에 앉아 있었다. 어깨 너머로 시계를 보았다.

언니가 생긋 웃었다.

"한 사람이라도 말 잘 듣는 착한 딸이 돼야지."

"어때? 평소와 다르게 착한 딸이 되어 본 기분이?"

언니가 고개를 까딱거렸다.

"제법 괜찮네……. 근데 내가 착한 딸이 되고 싶어서 너희 얘기를 엄마 아빠에게 한 건 아니라는 거 알지?"

내가 자리에 앉으며 말했다.

"알아. 이해도 하고. 하지만 언니 계획을 말해 줬다면 좋았을 거야. 마음에 들지는 않았겠지만 배신감은 느끼지 않았을 거 아냐."

순식간에 언니의 얼굴이 일그러졌다.

"미안. 너하고 헤어질 땐 어떻게 할지에 대해 백 퍼센트 확신할 수 없었어. 앞으로 네가 좋아하지 않을 것 같은 일을 하게 되면 꼭 미리 말해 줄게."

나는 고개를 끄덕였다.

"나도 미안해. 캠퍼스 밖으로 나가지 않는다고 약속해 놓고 나가 버렸잖아."

식탁 위로 손을 뻗어 언니의 손을 잡았다. 엄마가 닭고기와 껍질 콩과 감자가 담긴 접시를 들고 다가왔다.

"델리아, 아빠 좀 모셔 올래?"

언니가 한숨을 쉬며 말했다.

"네. 오늘은 반대로 해 보죠, 뭐."

나는 의자에서 일어나 엄마를 도와, 나머지 접시와 아이스 티가 담긴 잔을 식탁으로 날랐다. 무슨 말을 더 해야 엄마가 내 마음을 알아줄까? 엄마와 나 사이의 침묵의 벽은 끔찍했 지만 이번엔 나도 물러서지 않을 작정이었다. 고민이 될 때면 연구실에 숨은 채 고독한 삶을 살고 있는 크로우브 선생님을 떠올렸다. 그리고 자신의 모든 부분을 인정하고 받아들이며 함부로 사과하지 않았던 에이다 러브레이스를 떠올렸다. 나 는 내가 어떤 사람이 되고 싶은지 잘 알았다.

온 가족이 자리를 잡고 앉자 엄마가 입을 열었다.

"할 말이 있어. 아빠와 엄마는 너에게 외출 금지라는 벌을 주기로 했어. 봄 방학 끝날 때까지는 무조건이고, 상황에 따라 더 길어질 수도 있어."

"어떤 상황이요?"

"우린 루비 구두는 포기 못 해. 안전 때문이기도 하지만, 그런 식으로 네 잘못된 행동에 대한 보상을 줄 수 없기 때문이기도 해. 네가 휴대폰을 가지고 다닌다면 개학 후엔 다시 예전의 일상으로 돌아가게 될 거야. 그 연구실에 가 볼 수도 있고."

나는 아빠에게로 눈길을 옮겼다. 아빠가 고개를 끄덕였다.

"아빠도 같은 생각이다."

내가 손에 쥔 냅킨을 꼬며 말했다.

"죄송해요. 전 그렇게는 못 해요."

엄마가 말했다.

"그렇다면 계속 외출 금지야."

내가 침을 삼켰다.

"네."

아빠가 인상을 썼다.

"휴대폰도 없다는 얘기고. 아예."

"알겠어요."

휴대폰이 없어지는 건 속상하다. 휴대폰은 곧 프리야이고, 맥스이기도 하다. 아쉽지만 둘 다 학교에 가면 만날 수 있으니까.

아빠가 덧붙였다.

"네 컴퓨터도."

곧바로 아빠에게 눈길을 돌렸다.

"하지만 코딩은 어쩌고요."

아빠는 코딩에 있어서만큼은 처음부터 지금까지 누구보다 나를 응원해 준 든든한 지원군이었다. 코딩 캠프에 등록시켜 주고, 코딩 퍼즐 책도 사 주고, 내가 부탁하면 아낌없이 컴퓨터 업그레이드도 시켜 주었다.

"미안하구나. 아무리 그래도 네 안전이 더 중요해."

아빠의 얼굴을 보니 그 말은 진심인 것 같았다.

언니가 나섰다.

"지금 실수하시는 거예요. 애버릴한테 무슨 짓을 하고 있는 지 좀 보세요. 애가 떨고 있잖아요."

언니 말이 맞았다. 냅킨을 힘주어 잡고 있다고 생각했건만.

엄마가 담담히 말했다.

"우린 악당이 아니야. 애버릴이 우리 규칙에 따르겠다고만 하면 언제든 전부 되돌려줄 수 있어."

언니가 스웨터 주머니에서 자기 휴대폰을 꺼내 식탁 위에 올리고는 아빠 쪽으로 밀었다.

"내 휴대폰도 가져가세요. 나도 더는 엄마 아빠한테 감시당 하며 살지 않을래요."

38장

그 뒤 며칠 동안 엄마 아빠는 언니와 내 뜻을 꺾기 위해 할 수 있는 건 다 했다.

이틀간 침묵을 이어 가며 우리가 포기하길 바라던 엄마가 식탁 위에 영화 기프트 카드 두 장을 올렸다. 언니와 나는 언니가 점심으로 만든 그릴드치즈샌드위치를 먹고 있었다.

언니가 카드 한 장을 집어 들고 의심스런 눈길로 살펴봤다.

"이게 뭐예요?"

"오늘 저녁에 친구들하고 영화 보러 가고 싶으면 가라고. 팝콘값까지 충분할 거야."

아빠가 주방 문 앞에서 말했다.

"통 큰 선물이네. 무슨 팝콘이 그렇게 비싼지. 그 돈이면 차라리 금덩어리를 사 먹겠다."

아빠는 엄마의 지원군이 돼 주겠다며 이번 주 내내 집에서 점심을 먹고 있었다.

불안감 속에서도 난 언니를 보고 웃음 짓지 않을 수 없었다. 영화관 팝콘값이 비싸다는 말은 아빠가 입버릇처럼 하는 잔소리 중 하나였다. 그렇지만 난 엄마를 쳐다보며 고개를 저었다. 다른 꿍꿍이가 있다는 걸 눈치챘기 때문이다.

"아니 왜?"

엄마가 되물었다. 아마 내가 그랬다면 징징댄다고 혼나기 딱 좋은 말투였다.

"왜냐하면 제 사생활이 영화나 팝콘보다 중요하니까요."

아빠가 다가와 내 접시에서 감자칩 하나를 가져갔다.

"이건 단순히 영화 얘기가 아니야. 네가 외출해 있는 동안 우리가 너를 안전하게 지키기 위해 앱 사용하는 걸 허용하지 않겠다면, 넌 앞으로 학교 갔다 집에 오는 거 말고는 아무것도 못 해."

아빠가 언니를 보고 덧붙였다.

"너도 마찬가지고."

"댄스 수업은 어쩌고요?"

언니가 이렇게 묻고는 나를 보며 입 모양으로 "미안." 하고 사과했다. 나를 배신한 죄책감이 아무리 크다 해도 언니에게 댄스는 절대 포기할 수 없는 문제였다.

아빠와 엄마가 시선을 주고받았지만, 두 분도 차마 그것마저 막을 수는 없었다.

"댄스 수업은 가도 좋아."

아빠의 말에 언니가 안도의 한숨을 내쉬었다.

"하지만 차는 안 돼. 휴대폰으로 네 위치를 확인하는 걸 용납하지 않겠다면, 가는 데마다 우리가 태워다 줄 거야."

"부르면 오는 운전기사인 셈인가? 그 정도쯤이야."

언니가 아빠에게 기프트 카드 두 장을 돌려주었다.

"이런 걸로 우리 의지를 꺾을 수는 없죠."

며칠 동안 나는 책을 읽고, 그림을 그리고, 트램펄린을 뛰고 (자전거는 금지였다.) 머핀 굽는 법을 배웠다. 어설프지만 재료를 준비하고 순서에 맞게 조리하는 과정이 생각보다 코딩과 비슷했다.

토요일 오전 즈음엔 온종일 집에만 있는 게 조금 지겨워지긴 했어도, 기분상으로는 위대한 인물이 된 것 같았다. 마치 큰 뜻을 위해 갇힌 양심수가 된 기분이랄까.

이를 닦고 나오는데 초인종이 울렸다. 프리야인가 싶어 날듯이 계단을 뛰어 내려갔다. 운이 좋으면 엄마가 프리야를 보내기 전에 단 몇 분이라도 얘기를 주고받을 시간이 있을지도 몰랐다. 막상 현관문을 열어 보니, 눈앞에 맥스네 집 운전기사인 닉이 서 있었다.

"안녕, 애버릴."

내가 은근슬쩍 주변을 살폈지만, 닉은 금방 눈치를 챘다.

"맥스는 없어. 아직 외출 금지야. 대신에 이걸 보냈어."

닉이 어깨에 메고 있던 내 배낭을 풀어 나에게 내밀었다.

"아."

"어제 수업 끝나고 대신 좀 갖다 달라고 하더라. 내가 왜 아직 맥스 말을 듣고 있는지 원. 너희 둘이 그렇게 터무니없는 짓을 하고도 내가 잘리지 않은 게 다행이지."

"죄송해요."

닉이 빙긋 웃었다.

"솔직히 너희 나이였다면 나라도 그랬을 거야. 누구 손에 들어갈지 몰라서 쪽지는 없다는데, 대신 널 위해 뭘 넣어 놓았다더라."

"정말요?"

참지 못하고 당장 배낭의 지퍼를 열었다. 내 옷 위로 맥스의 파란색 티셔츠가 보였다. 곧바로 티셔츠를 꺼내 맥스 냄새를 맡았다. 익숙한 민트 향이 났다.

"고맙다고 전해 주세요."

닉이 깔깔 웃었다.

"네가 옷에다 얼굴을 파묻더라고 전해 줄게. 맥스는 그걸 더 고마워할걸."

39장

엄마도 잘해 보려고 노력 중이라는 걸 안다. 내가 용기를 잃지 말자는 의미로 추레하고 헐렁한 스웨트 셔츠 차림으로 주말 내내 집 안을 돌아다녀도 엄마는 아무 말 하지 않았다.

그런데 일요일 오후, 내가 시험 삼아 새로운 머핀을 만들어 보고 있는데 엄마가 식탁 앞에 앉더니 '우리 대화 좀 하자.'라고 말하는 듯한 얼굴로 나를 쳐다보았다. 나는 클래리언 대학교에서 먹었던 머핀처럼 크고 폭신폭신한 머핀을 만들어 보려는 중이었다.

엄마가 운을 뗐다.

"내일이 개학이네."

내가 따뜻한 버터밀크에 흑설탕을 넣고 휘저었다. 버터밀크에 귀리를 적시기 전에 설탕을 완전히 녹이면 어떻게 되는지 보고 싶었다.

엄마가 다시 말했다.

"엄마는 휴대폰 없인 너 학교 못 보내. 무슨 일이 생기면 어떡해? 너한테 엄마가 필요하면 어떡하냐고?"

"학교 전화 쓰면 되죠. 엄마도 어렸을 땐 그랬잖아요."

나는 귀리 가루 한 컵을 부으며 말을 이었다.

"아니면 내 휴대폰 가져가도 되고요. 루비 구두 깔지 않고."

"루비 구두를 안 쓰면 넌 계속 외출 금지야."

"알겠어요."

나는 언니와 달랐다. 나는 난리를 피우지 않을 것이다. 하지만 가출 사건 이후, 나는 순순히 항복하지 않겠노라 스스로 다짐했다.

"이게 너한테 왜 그렇게 중요한데? 이렇게 대드는 건 너답지 않아."

엄마는 정말 이해하지 못하는 눈치였다.

"저는 더 이상 가짜로 살기 싫어요. 설령 언니와 내가 다시 루비 구두를 쓴다고 해도, 그건 엄마가 싫어하는 행동은 절대 하지 않겠다는 의미가 아니에요. 엄마한테서 숨을 길을 찾겠다는 뜻일 뿐이라고요. 그렇게 숨으면 난 기분이 좋은 줄 아세요? 계속 그렇게 살다 어른이 되면 나 자신이 너무 싫을 것 같아요."

엄마는 식탁을 꽉 붙잡았다.

"하지만 나는 네 안전을 지켜 줘야만 해."

나는 밀가루의 무게를 재는 데 집중했다. 밀가루를 눌러 담으면 안 된다. 그럼 머핀이 돌처럼 딱딱하게 나온다.

"안전, 안전. 학교 밖에 있을 때마다 제 안전을 철저하게 확인하고 싶으시다면, 옛날 사람들 하던 식으로 하는 수밖에요. 365일 24시간 집에만 있게 하시면 되겠네요."

고개를 내젓는 엄마를 향해 내가 한마디를 더했다.

"아니면…… 저를 믿으시거나."

"애버릴 캐서린 프라이. 지난번에 널 믿었다가 어떻게 되었니. 가출해서 대학 도서관에서 잤잖아."

어떻게 해야 엄마를 이해시킬 수 있을까.

"그건 루비 구두 때문에 너무 속상해서 휴대폰 두고 도망간 거죠. 저도 어쩔 수가 없었다고요."

나는 바닥을 내려다보며 온전한 확신을 담아 이렇게 쐐기를 박았다.

"엄마가 앞으로도 날 시시콜콜 감시한다면 조만간 똑같은 일이 일어나고 말 거예요."

엄마가 힘없이 나를 불렀다.

"애버릴……."

"가출도, 거짓말도 하지 말았어야 했다는 거 나도 알아요. 제가 엄마의 믿음을 깼다는 것도 알고요."

나는 베이킹파우더를 꺼내려고 수납장 쪽으로 돌아섰다. 그다음 말은 도저히 엄마의 얼굴을 보면서 할 수 없었기 때문이다.

"그런데 엄마도 내 믿음을 깨뜨렸어요."

"무슨 소리야?"

"엄마가 내 공책을 읽었을 때."

"엄마는…… 엄마도 그래선 안 된다는 거 알아. 다시는 그러지 않을게."

"고마워요. 하지만 솔직히 내가 어디에 있는지 앱에 나온 지도만 쳐다보고, 내 문자 메시지를 확인하고, 음식 사진을 찍어 보내라고 할 때마다 엄마가 나를 못 믿는다고 느껴지는 게 사실이에요."

나는 조심스럽게 베이킹파우더와 소금의 무게를 쟀다.

"딸……."

다른 사람도 아닌 나의 엄마였다. 떨리는 목소리를 듣고도 엄마에게 등을 돌리고 서 있을 수는 없었다.

내가 돌아섰다.

"엄마가 불행한 건 나도 싫어요. 하지만 내가 그렇게 싫다는데 무작정 밀어붙이기만 하면 내 기분은 어떨 것 같아요? 엄마는 내가 맥스하고 단둘이 있었다는 사실에 흥분해서 제정신이 아니었잖아요……. 이유가 뭔데요?"

엄마가 순간 입술을 앙다물더니 이렇게 말했다.

"맥스가 네가 싫어하는 일을 하면 어떡하니?"

"이를테면 맥스가 내 사적인 글을 읽는다거나, 싫다는데 내 사진을 찍는다거나, 아니면 내 동선을 추적한다거나, 뭐 그런 거 말씀하시는 건가요? 그게 내 평소 생활과 뭐가 다른데요? 아니면 나의 동의는 내가 남자애하고 있을 때만 중요한가요?"

엄마가 눈을 동그랗게 떴다.

"무슨 말을 하는 거니?"

"저는 루비 구두가 싫다고 말하고 있잖아요. 그때 연구실에서 말했던 것처럼요. 내 거절이 엄마한테는 왜 하나도 중요하지 않은지도 묻고 있는 거고요."

엄마가 손으로 입을 막았다.

"엄마는 그걸 그렇게 생각해 본 적이 한 번도 없었어."

우리는 식탁을 사이에 두고 거울처럼 상대방의 슬픔을 마주하며 서로를 바라보았다.

엄마가 의자에서 일어섰다.

"엄마는…… 아빠하고 이야기해 봐야 할 것 같다."

내가 내 뒤의 그릇을 가리키며 말했다.

"전 이걸 오븐에 좀 넣어야겠어요. 베이킹파우더를 넣고 너무 오래 놔두면 잘 부풀지 않거든요."

엄마는 식탁으로 돌아와 나를 안아 주고는, 아빠가 일하는 사무실로 갔다.

나는 머핀을 오븐에 넣고 정리를 마친 뒤 언니를 만나려고 위층으로 올라갔다. 30분 뒤 엄마와 아빠가 주방으로 들어왔을 때 우리 둘은 식탁에 앉아 완벽하게 부푼 복숭아귀리머핀을 먹고 있었다.

아빠가 머핀 하나를 집었다.

"네가 다시 늘 코딩만 붙잡고 있으면 이게 그리울 것 같네."

가슴 속에서 희망이 파닥였다. 당장 입에 문 머핀을 내려놓았다.

"저 다시 맨날 코딩해도 되는 건가요?"

"몇 가지 조건이 있어."

"예를 들면요?"

"첫째, 우리는 더 이상 루비 구두를 쓰지 않기로 했다."

아빠에 이어 엄마가 말했다.

"네가 엄마한테 거짓말해야 한다고 느끼는 건 싫어. 그래도 밖에 나가면 엄마 아빠한테 연락해 주면 좋겠어. 학교에 도착하면 문자 메시지 보내 주고. 수업이 끝나면 또 문자 메시지 보내 주고. 별다른 일 있으면 알려 주고, 누구하고 있는지도 말해 주고."

내가 함박웃음을 지으며 답했다.

"당연하죠."

"대신 앞으로 사진 보내 달란 말은 안 할게. 네가 뭘 먹는지 안 봐도 돼. 그리고 네가 누구하고 같이 있다고 하면 네 말을 믿을 거야."

"알겠어요."

언니가 물었다.

"그게 다예요?"

엄마와 아빠가 한목소리로 말했다.

"그게 다야."

언니가 공중으로 키친타월을 던졌다.

"우리가 해냈다! 노동자들이 승리했다! 총파업은 끝났다! 내 휴대폰 어딨죠?"

아빠가 눈살을 찌푸렸다.

"너희가 노동자야? 난 몰랐네."

엄마가 말했다.

"그 말을 들으니 다른 조건이 떠오르네. 지금부터 둘 다 자기 빨래는 스스로 알아서 해. 엄마도 이제 다른 재밌는 일들을 해 볼 생각이야."

"네, 엄마!"

언니가 신나서 말하고는 빨리 달라며 양손을 뻗었다.

"휴대폰 주세요!"

아빠가 웃으며 주머니에서 휴대폰을 꺼내 언니에게 줬다.

"저녁때 나가도 돼요? 늦지 않을게요. 저녁만 먹고 올 거예요. 좋은 언니로 사느라 봄 방학을 통째로 날렸다고요."

언니가 어느새 문자 메시지를 보내며 주방에서 달려 나가자 엄마가 깔깔거리며 말했다.

"그래, 알았다. 가엾기도 해라."

언니를 보내고 나자 엄마가 나에게로 돌아서서 물었다.

"넌? 넌 아직 외출 금지긴 한데 엄마 아빠하고 같이 저녁 먹으러 나가는 건 괜찮아. 우리 셋이 나갈래?"

"좋아요…… 제 휴대폰은요?"

아빠가 답했다.

"내일 아침에 일어나자마자 주마. 루비 구두는 우리가 잘못했지만 거짓말하고 도망친 건 봄 방학 내내 외출 금지를 당해도 네가 할 말이 없는 거야. 외출 금지가 끝나면 크로우브 선생님한테 연락해서 지난번 약속처럼 연구실을 방문해도 되는지 알아볼게."

40장

월요일 아침에 밥을 먹으러 내려왔다가 언니가 시리얼 상자에 테이프로 붙여 놓은 새로운 메시지를 발견했다. 전과 다른 점은, 이번에는 초콜릿 포장지가 아니라 언니의 글씨가 적힌 종이쪽지가 붙어 있었다는 것이다. *다음번엔 뜻밖의 사건을 만나면 악수만 나누고 끝내길.*

깔깔 웃음이 나왔다. 나는 접시 옆에 놓여 있던 휴대폰을 집어 들었다. 그리고 휴대폰 화면을 살펴보았다. 루비 구두는 삭제되고 없었다. 클래리언 대학교에서 보낸 이틀 동안 마음속에 가득했던 후련함이 다시 보글보글 차오르기 시작했다.

그릇에 시리얼을 붓고 메시지를 확인했다. 프리야한테서 온 메시지가 쌓여 있었다. 다행히 프리야는 휴대폰을 뺏기지 않았던 것 같다. 그리고 맥스가 보낸 메시지 한 통.

괜찮아?

내 얼굴을 보고 이렇게 물을 때 맥스의 표정을 난 정확히 알고 있었다. 고개를 갸우뚱한 채 눈으로 내 얼굴을 살피며 얼마든지 대답을 기다려 주겠다는 다정한 그 표정.

애버릴

> 그때그때 달라.
> 기숙 학교 가는 길. 거기도 썩 나쁘진 않지?

맥스

> 뭐? 정말? 으악, 정말 미안.

애버릴

> 낚였다.

한참 동안 침묵이 흘렀다.

맥스

> 안 웃겨. 진짜 어떻게 됐는데?

애버릴

> 에이, 좀 웃기긴 했잖아.
> 학교에 가면 말해 줄게. 일단 프리야를 만나야 해.

맥스

잘됐네. 너 때문에 심장 마비 와서 진정할 시간이 좀 필요해.

프리야에게 오늘 학교에 일찍 갈 수 있냐고 문자 메시지를 보냈다. 아침을 다 먹고 이를 닦고 엄마한테 연락하겠다고 약속까지 마쳤을 땐 프리야가 벌써 초인종을 누르고 있었다.

만나자마자 프리야를 부둥켜안았다.

함께 학교를 향해 걷기 시작했을 때 나는 프리야에게 미안한 마음을 표현했다.

"정말 미안. 나 때문에 많이 혼났어?"

프리야가 깔깔 웃었다.

"나? 아니⋯⋯. 난 가출 안 했잖아."

"그래도 나 도와줬다고 아저씨하고 아줌마한테 혼나지 않았어?"

"음⋯⋯ 네가 나도 모르게 내 책가방에 휴대폰을 넣어 두고 갔다고 둘러댔어. 우리 엄마 아빠는 널 컴퓨터 천재라고 여기시니까, 네가 미리 문자 메시지와 사진을 전송하도록 설정해 뒀다고 했더니 곧이곧대로 믿으시던데?"

"아."

프리야가 나를 쳐다보았다.

"화난 거 아니지? 나까지 곤란해지면 너한테도 좋을 게 없었을 거야."

"그럼, 그럼. 네가 걸리지 않았다는데 나야 좋지."

내 말은 진심이었다. 이번 일로 프리야한테 좋은 일이라곤 아무것도 없었는데 벌까지 받았다면 얼마나 불공평했을까. 하지만 아저씨 아줌마한테 거짓말했다는 말을 아무렇지도 않게 하는 프리야를 보니 지난 한 주 동안 세상을 보는 나의 눈이 많이 달라졌다는 걸 새삼 깨달았다. 프리야도 부모님과 얼마나 진실한 관계를 맺고 살지 스스로 깨닫고 결정해야만 할 것이다.

내가 프리야의 손을 잡아당기며 말했다.

"가자. 내가 하나부터 열까지 다 얘기해 줄게. 넌 들을 자격이 있잖아."

나무가 우거진 좁은 길을 따라 학교로 걸으며 프리야에게 흥미진진했던 사건을 하나씩 풀어놓았다. 문제를 풀어낸 과정과 연구실에 가려고 캠퍼스를 내달렸던 일은 물론이고, 라이더 울리백의 진짜 정체까지 모조리 털어놓았지만, 맥스와 조용히 나누었던 둘만의 대화만은 비밀로 남겨 두었다.

다른 사람의 행복을 지키기 위해 거짓말하는 것과 나를 위해 비밀을 지키는 것의 차이를 말로 어떻게 표현해야 할지 모르겠다. 나 스스로에게조차 설명하기가 어렵다. 내가 누구이고 내가 원하는 게 무엇인지에 대해 거짓말하는 건 불안하고도 두려운 일이나, 어떤 이야기만큼은 나만의 비밀로 간직하는 건 기분 좋은 일이다.

사물함 앞에 이르러, 기술 수업 준비물을 물어보려고 프리야에게로 돌아섰다. 학교에서 뭘 어떻게 하는지마저 싹 까먹어 버린 기분이었다. 그런데 대답 대신 프리야가 내 뒤를 손짓하더니 서둘러 자리를 피했다.

뒤를 돌아보니 후드 티 주머니에 손을 찌르고 선 맥스가 보였다.

"너 진짜 왔네."

"나 진짜 왔어."

맥스가 고개를 갸웃하며 아래를 내려다보았다.

"발목에 전자 발찌가 없는 걸 보면 네가 이긴 건가?"

내가 깔깔 웃었다.

"아니. 우리 부모님은……. 결국 모두 잘 해결된 셈이야."

"정말? 어떻게 했는데?"

"언니하고 내가 파업을 했거든."

나는 일주일에 걸친 우리의 투쟁과 엄마 아빠가 결국 두 손을 들고 만 사연을 들려주었다.

내 말이 끝나자 맥스가 살짝 고개를 저었다.

"우아. 너 정말 확 달라졌구나."

내가 맥스의 얼굴을 살폈다.

"넌 아니고?"

"조금은. 우린 아직 루비 구두 쓰거든. 아빠는 납치를 염려하셔."

맥스가 눈을 치뜨고 덧붙였다.

"그래도 거리 제한 기능은 껐고 학교에 있을 땐 경보음도 울리지 않기로 했어."

"음, 그 정도도 훌륭하네."

"너희 부모님은 우리가 친구로 지내도 괜찮으시대? 공식적으로 같이 다녀도 된대?"

"응. 아빠는 네가 사고뭉치긴 해도 너희 부모님을 생각하면 이상하지도 않대."

내 말을 어떻게 받아들였을지 몰라 걱정스러운 마음에 힐긋 맥스를 쳐다보았지만, 크게 개의치 않는 눈치라 내가 말을 계속했다.

"엄마는 내가 사리 분별할 줄 아는 아이니까 또 엇나가는 일은 없을 거라면서 나를 한번 믿어 보겠대."

맥스가 안경을 고쳐 썼다.

"솔직히…… 난 너희 부모님이 만들어 낸 나라는 사람한테 푹 빠졌다고나 할까. 불량 청소년, 맥시밀리언 앨리스터 맥클래런 3세."

"사이버 범죄를 배후 조종한 대가 아니겠어? 아무튼 진심으로 하는 말인데 같이하자고 해 줘서 고마워. 난 클래리언 대학교에 다녀온 뒤로 완전히 다른 사람이 된 느낌이야. 네가 없었다면 아무 일도 일어나지 않았을 거야."

맥스가 잠시 자기 신발을 내려다보더니 다시 나를 올려다보았다.

"음, 라이더 울리백의 정체를 밝힐 수 있게 도와줘서 고마워, 릴라."

"나한테 별명 많이 지어 줘서 고마워, 맥스."

"'공주'도?"

내가 생긋 웃었다.

"너무 자주만 쓰지 않으면."

맥스가 지어 준 별명들은 맥스가 나의 모든 면을 보고, 또 좋아한 것 같은 느낌이 들게 만들어 주었다. 맥스가 아닌 다른 사람들에게는 나라는 사람을 너무나 오래, 그리고 너무나 많이 숨기고 살아서인지 잘 적응이 안 되는 게 사실이다.

1교시 시작종이 울렸다.

내가 사물함 문을 닫으며 재촉했다.

"기술 수업 들어야지."

"바로 뒷자리는 나다, 코딩 소녀."

41장

학교 수업을 모두 마친 뒤, 나는 언제나처럼 프리야와 나란히 밖으로 나왔다. 학교 앞 계단에 다다르자, 나는 걸음을 멈추고 우리 앞에 있는 여자애들을 올려다보았다. 같은 동네 친구들이었다.

내가 프리야에게 말했다.

"오늘은 소피아하고 케이트랑 같이 갈래? 난 여기 잠깐만 있다가 갈게."

"아……. 내가 같이 있어 줄까?"

"아냐, 먼저 가."

프리야가 어리둥절해서 물었다.

"너 괜찮아?"

"응. 난 그냥…… 혼자 집까지 걸어와도 좋다고 허락을 받은 게 난생처음이라, 오늘은 혼자 가 보고 싶어."

프리야의 눈이 조금 커졌다.

"아저씨 아줌마가 진짜 네 말을 들어주셨구나, 그런 거지?"

내가 웃었다.

"맞아. 그렇다고 매일 혼자 가지는 않을 거야. 그냥 새롭게

271

시작하는 삶의 첫날을 축하하고 싶어서."

프리야가 나를 안아 주었다.

"이해해. 나중에 문자 메시지 보내 줄래?"

"보낼게."

친구들 옆으로 간 프리야를 향해 내가 손을 흔들어 주었다. 아이들의 모습이 보이지 않자 곧바로 계단을 걸어 내려왔다.

나무가 우거진 동네 오솔길에 다다르자 나는 엄마에게 문자 메시지를 남겼다.

거의 다 왔는데 잠깐 그림 좀 그리다 갈게요.

작은 점 세 개가 나타났다, 사라졌다, 다시 나타났다. 엄마가 나에게 남기고 싶어 할 말들이 내 머릿속에 주르륵 떠올랐다. 하지만 답장이 왔을 땐 빨간색 하트 세 개가 전부였다.

엄마는 노력하고 있다.

나는 나뭇가지를 스치면서 보드라운 새봄의 잎사귀들을 손가락 사이로 매만지며 오솔길을 벗어나 걷기 시작했다.

빈터에 다다르자 쓰러진 나무 위에 책상다리를 하고 앉아 공책을 펼쳤다. 나는 매끄러운 나무의 속살과 정반대로 까끌까끌한 나무껍질의 질감을 열심히 그림 속에 담았다.

간단한 스케치를 마친 뒤 가방 옆에 공책을 툭 던져 놓고 머리 뒤에 끼운 양팔을 베개 삼아 널찍한 나무 둥치에 등을 대고 누웠다.

머리 위로는 나뭇가지 사이로 다람쥐 둥지가 보이고 가느다란 잿빛 구름 사이로는 햇살이 새어 들어왔다. 들리는 소리라곤 바람에 삐걱대는 소나무 소리가 전부였다. 눈을 감고 깊이 숨을 들이마셨다.

난 지금 완벽한 혼자고 날아갈 것만 같다. 몰래 훔치지 않아도 되는 오롯이 혼자인 이 시간. 걸릴까 봐 조마조마할 일도, 규칙을 어겼다고 사과할 일도 없는 이 시간.

내가 원한다면 이대로 계속 머물 수 있다. 그 누구의 행복도 아닌 나의 행복을 위해.

자율적으로.

작가의 말

나는 버몬트 미술 대학교에서 이 작품을 썼습니다. 1년 동안 체계적으로 지원해 준 문예 창작 프로그램에 깊은 감사의 뜻을 전합니다. 대학 프로그램의 도움이 없었다면 저는 꽤 암울한 시간을 보냈을 것입니다. 특히 빠르게 초고를 끝낼 수 있도록 응원해 준 데이비드 길과 교정본에서 인물과 감정을 다시 점검하도록 독려해 준 코리 앤 하이두에게 감사드립니다. 특히 내가 예전부터 꿈꾸었던 작가 친구가 되어 준 여러 친구들에게 감사를 전합니다.

나의 에이전트, 엘리자베스 베넷에게 항상 감사드립니다. 무엇보다 이 작품을 진행하는 동안 늘 나를 지지해 주신 것에 감사드립니다.

어린 시절의 자율성을 중요하게 여기는 내 생각에 공감하며, 이야기를 속도감 있고 재미있게 만들되, 설교하는 말투로 빠지지 않도록 이끌어 준 편집자 낸시 폴슨에게 깊이 감사드립니다. 또한 열차가 멈추지 않고 달릴 수 있도록 해 준 사라 러플러, 세심하게 교열해 준 로렐 로빈슨과 신디 하울, 그리고

274

애버릴의 이야기를 너무나 완벽하게 담아낸 아름다운 표지를 선사해 준 디자이너 카이틀린 양, 예술가 란 정에게도 감사드립니다.

나를 응원해 주고 첨단 기술에 대해 설명해 준 소피와 클로이에게 감사드립니다. 두 분이 없었다면 휴대폰에 대한 책을 쓸 수 없었을 것입니다. 엄마와 아빠, 저를 독립심 강한 아이로 키워 주셔서 감사해요. 다른 모든 이들도 나와 같이 독립심을 기를 수 있길 바랍니다.

그리고 페리, 제가 만든 외향적인 백만장자와 당신은 크게 닮아 보이지 않을지 몰라도, 애버릴을 위해 감정적으로 안전한 공간을 만들어 주겠다는 맥스의 다짐과 애버릴이 세상을 이해하는 데 필요한 고요함을 제공해 주겠다는 맥스의 의지는 바로 당신으로부터 훔쳐 온 거랍니다. 세상엔 아무리 감사해도 부족한 일들이 있답니다.

에이미 노엘 파크스

글 에이미 노엘 파크스

어린이와 청소년을 위한 소설을 쓰는 작가이자, 미국 미시간주립대학교 초등교육학과의 교수입니다. 학생들이 어릴 적 학교 안팎에서 수학을 배우며 겪는 경험에 큰 관심이 있으며, 미래의 교사들이 수학 트라우마에서 벗어날 수 있도록 돕는 일에 힘쓰고 있습니다. 주로 낮에는 대학교에서 학생들을 가르치고, 밤에는 소설을 씁니다. 팝송 가사에서 영감을 얻어 이야기 짓기를 즐기는 작가는 현재 남편, 두 딸과 함께 미시간주 오케모스에서 살고 있습니다. 《두근두근 오프라인》은 작가의 작품 가운데 우리나라에 소개되는 첫 번째 책입니다.

홈페이지 www.amynoelleparks.com

옮김 천미나

서울에서 태어나 자랐고, 이화여자대학교 문헌정보학과를 졸업했습니다. 지금은 구례의 너른 자연 속에서 살며 어린이책 전문 번역가로 활동하고 있습니다. 옮긴 책으로는 《룰스》, 《포니》, 《파란색을 볼 때》, 《김주니를 찾아서》, 《세상에서 가장 위대한 서점》, 《어둠을 걷는 아이들》, 《화이트 버드》, 《아름다운 아이》 등이 있습니다.

두근두근 오프라인

처음 인쇄한 날 2025년 1월 22일 | **처음 펴낸 날** 2025년 2월 17일

글 에이미 노엘 파크스 | **옮김** 천미나
펴낸이 이은수 | **편집** 오지명, 박진희, 김연희 | **디자인** 원상희 | **마케팅** 정원식
펴낸곳 초록개구리 | **출판등록** 2004년 11월 22일(제300-2004-217호)
주소 서울시 종로구 비봉2길 32, 3동 101호 | **전화** 02-6385-9930 | **팩스** 0303-3443-9930
인스타그램 instagram.com/greenfrog_pub
제조국 대한민국 **사용연령** 8세 이상

ISBN 979-11-5782-309-3 73840